Heidemarie Schwermer
Das Sterntalerexperiment II

Heidemarie Schwermer

Das Sterntalerexperiment II
Mein Weg nach Innen

Autobiografische Erzählungen

Book on Demand

Das Buch „Das Sterntalerexperiment II – mein Weg nach Innen" lief bislang unter dem Titel „WunderWelt ohne Geld" mit der ISBN Nummer 978-3-8482-0586-8. Es wurde gründlich überarbeitet, zum Teil wurden Passagen gestrichen, die Protagonistin Marie wurde in die Ich-Form gebracht, so dass es wieder autobiografische Erzählungen sind. Das Buch unter dem ersten Titel „WunderWelt ohne Geld" wurde bereits ins Ungarische und Slowenische übersetzt.

Danksagung

Ich bedanke mich an dieser Stelle bei meinen Freunden, meiner Familie, meinen Bekannten und den vielen Menschen, die mit mir Erlebnisse, Erfahrungen, Trost, Beistand, Kritik, Freude und Liebe teilen. Besonders die Unterstützung im letzten Jahr, in dem ich mit einer schweren Krebserkrankung lebe, tut mir gut. Dieses Miteinander fühlt sich an wie ein Einblick in die neue Zeit.

Viel Freude beim Lesen wünscht Heidemarie Schwermer.

Inhalt

Vorwort

Als ich vor drei Jahren dieses Buch plante, wollte ich bewusst Szenen aus meinem ersten Buch „Das Sterntalerexperiment" darin noch einmal aufgreifen, um sie dann zu vertiefen. Mir ging es darum, aus der psychologischen Sicht Verhaltensweisen aufzudecken und mit einfachen Worten zu erklären.

Da in den letzten beiden Jahren viel in meinem Leben geschehen ist (die Krebserkrankung hat mich gezwungen, noch stärker nach Innen zu schauen), soll diese Veränderung auch in diesem Buch sichtbar werden. Meine Tochter Natalia O.Schwermer, die neue Herausgeberin, unterstützt mich bei den Änderungen.

Ich beschreibe in „Das Sterntalerexperiment II – mein Weg nach Innen" meine spirituelle Entwicklung in der Begegnung mit meinem „Höheren Selbst", das ich Nataha nenne. Fragen, die mich schon mein ganzes Leben lang begleiten, werden mir von Nataha erklärt. Das Leben ohne Geld ergibt sich aus meinem Lebensweg als logische Konsequenz und erhält auch in diesem Buch viel Raum. Da das erste Sterntalerexperiment schon lange vergriffen ist, bietet sich dieses Buch nun als Fortsetzung an.

Die Quintessenz des Buches, nämlich dass es für uns möglich sein kann, unser „Höheres Selbst" oder unseren „Schutzengel" oder unser „göttliches Sein" zu entdecken und in unseren Alltag zu integrieren, soll durch die neue Überarbeitung noch mehr betont werden.

Ich wünsche uns allen Vertrauen in unser göttliches Sein und Liebe zum Leben.

Herzlich, Heidemarie Schwermer

1 Die erste Begegnung mit Nataha, meinem Höheren Selbst

„Genug gelitten! Vorbei die Schmerzen! Jetzt ist die Freude dran! Ihr alle könnt sie annehmen, sie begrüßen, hier und heute!" Simone, die kleine blonde Seminarleiterin, dreht ihre Runden im Kreis der Teilnehmer und jubelt beinahe. Ihr Gesicht strahlt, ihre Bewegungen sind kraftvoll und lebendig. Ansteckend wirkt das, und die Gesichter der Anwesenden hellen sich auf.

Eine der 30 Teilnehmerinnen bin ich, Marie, eine Frau in den Fünfzigern, die für sich beschlossen hat, dass Leben mehr sein müsse als das, was es bislang war. Nun sitze ich in diesem Engelseminar und wundere mich über die Atmosphäre, die sich so schnell verändert hat. Eine Leichtigkeit wird spürbar, die vorher nicht da war. Wie kann ein einzelner Mensch so viel bewirken? Was passiert mit uns, die wir eben noch gramvoll und schwer beladen mit unseren Sorgen da saßen? Wo sind die Sorgen hin? Können wir sie einfach beseitigen und sie durch etwas Neues ersetzen? Das wäre ja eine wunderbare Lösung! Dann bräuchten die Menschen nur alle hierher zu kommen und sich einzulassen. Ein Schalter würde umgelegt, und alles wäre gut. Wie einfach und wunderschön wäre das! Die Realität jedoch ist nicht immer schön. Die meisten Menschen quälen sich herum mit Geldsorgen, Existenzängsten, Angst vor Krankheiten, vor Versagen, vor Ablehnung, vor Missachtung, vor Einsamkeit. Außerdem hindern wir uns gegenseitig an unserer Entfaltung, kommen nicht an gegen die eigene Boshaftigkeit und die der anderen! Warum gönnen wir uns nicht gegenseitig das, was da ist, sind neidisch und eifersüchtig, die Palette der Missgunst ist groß. Ob das wohl jemals abgebaut werden kann? Fragen über Fragen stellen sich ein, die nun auch von den anderen Teilnehmern formuliert werden. Die Seminarleiterin beantwortet die Fragen gewissenhaft. Sie spricht von den Engeln, die heute in diesem Raum allen zur Seite ständen. Wie eine Bestätigung knackt es überall, so dass die Teilnehmer ganz erstaunt sind. „Sie machen sich bemerkbar, zeigen, dass sie da sind, dass es sie wirklich gibt, auch wenn ihr sie nicht sehen könnt.

Wir wollen die heutige besondere Atmosphäre für eine wichtige Übung nutzen. Es geht um eure Namen. Ihr wisst sicher um die Wichtigkeit eines Namens, habt mit dem eurigen gehadert oder ihn für gut befunden. Forscher haben sich mit Namensbedeutungen beschäftigt, sie in dicken Büchern festgehalten. Bei manchen Völkern verändern die Menschen einfach ihren Namen, wenn sie das Gefühl haben, einen wichtigen Schritt in ihrer Entwicklung vollzogen zu haben. Heute geht es um euern Engelnamen. Alle von euch haben einen, denn ihr alle seid auch in einer höheren Ebene angesiedelt. In der Vergangenheit habt ihr das vergessen und euch beschränkt auf die kleine irdische Welt, die nur einen winzigen Teil eures Lebens ausmacht. Die wirkliche, wahrhaftige Welt ist unbeschreiblich, unfassbar, hat mit Weite zu tun und Grenzenlosigkeit. Der Aufstieg vom Irdischen ins Paradiesische erfolgt meist in kleinen Schritten. Heute könnt ihr einen Anfang machen. Dazu legt euch einfach der Länge nach hin und hört auf meine Worte für eine bestmögliche Entspannung. Gelingt es euch, die irdischen Sorgen und Grübeleien wegzulassen, seid ihr offen für die höhere Ebene und bereit, etwas wahrzunehmen, was ihr bislang nicht gekannt habt. Macht euch keinen Stress, nehmt alles, wie es kommt. Gelingt die Entspannung diesmal nicht, gibt es ein nächstes Mal."

Als alle bereit sind für die geführte Meditation und die nötige Stille eingetreten ist, geleitet Simone die Anwesenden mit ihren Worten in eine Tiefenentspannung. Schon bald gibt es ein paar Schnarcher. Ihre Entspannung führt diesmal in den Schlaf, was bei solchen Übungen schon mal vorkommt.

Bei den übrigen geschehen unterschiedliche Dinge, wie sich in der anschließenden Besprechung herausstellt. Einige haben ihren Engelnamen empfangen, was sie überglücklich berichten. Ich hatte eine wunderschöne Begegnung mit meinem Schutzengel, der sich mir als Nataha vorstellte, was „die zur Freude Geborene" bedeutet, wie er mir erklärte. Die Erklärung nahm ich nicht wahr wie laut gesprochene Worte, auch die Erscheinung des Engels nicht wie ein sichtbares Bild. Nein, es ist eher eine Empfindung, ein Wissen um etwas, was ich vorher nie wahrgenommen oder gar beachtet hatte. Es ist ein Gespür für etwas, das über unsere sinnliche Wahrnehmung hinausgeht und doch unbedingt da ist, sich nicht leugnen lässt. Nataha ist kein Engel mit weißen Flügeln oder einem weißen Gewand, sondern eher eine Idee, ein Gedanke, gestaltlos, dennoch präsent und real. Diese Begegnung fühlt sich so rund und wunderbar an, dass ich einfach nur gerührt dasitze und meinen Tränen freien Lauf lasse. Ein Gefühl von „angekommen sein" stellt sich ein, angekommen in einer Zufriedenheit und Gelassenheit, die ich so noch nie empfunden habe. Ich verbringe den Rest des Tages auf dieser wunderbaren Energieebene, spüre immer wieder in mich hinein und kann mein Glück kaum fassen. Das Glück, nicht mehr allein sein zu müssen, wirklich zu spüren, dass ich begleitet und beschützt werde.

Ein paar Tage hält sich das Gefühl, auch als ich in meine alte Umgebung zurückkehre. Beschwingt gehe ich mein Tagwerk an, berate in den Sitzungen meine Klienten voller Freude und erhalte von meinen Freunden und Bekannten das eine oder andere Kompliment für meine Ausstrahlung. „Genug gelitten" - die Worte der Seminarleiterin schwingen in mir nach. Eigentlich einleuchtend. Die Menschen machen sich ihre Leiden selbst, obwohl das gar nicht sein muss! Das hat schon Buddha vor 2500 Jahren festgestellt. Er hat sein Leben eingesetzt dafür, dass die Menschen das Leid überwinden und die Essenz des Lebens entdecken. Die Essenz des Lebens- woraus besteht sie wohl? Was macht die große Freude aus, die bei dem Seminar plötzlich da war? Wo kommt sie her? Lässt sich so ein Gefühl festhalten oder sind das nur kurze Momente im Leben? Lässt sich das Leid ein für allemal überwinden, so wie das bei Buddha der Fall war? „Du kannst dich doch nicht mit Buddha vergleichen", warnt eine Stimme in mir. „Buddha war ein Gott gleiches Wesen. Davon bist du weit entfernt!" Diese Stimme kenne ich. Sie stellt sich immer dann ein, wenn ich über mich hinauswachsen will. Die Stimme kontrolliert und reguliert, hält klein und lässt keine Risiken zu. Sie scheint aus dem Verstand zu kommen, der sowieso alles besser weiß und nicht zulässt, dass ich mich verändere. Doch etwas ist dieses Mal anders. Ich vernehme deutlich eine zweite Stimme, die davon spricht, dass alle Menschen Gott gleiche Wesen seien, weil alle aus der göttlichen Quelle stammten, aus der Einheit sozusagen. Leider sei das nicht mehr sichtbar, weil die Menschen sich in etwas eingerichtet hätten, was gar nichts mehr mit den paradiesischen Zuständen von einst zu tun hätte. Die Sorgen und Plagen machten den größten Teil des Lebens bei fast allen Menschen aus.

Diese Stimme kommt von Nataha, die sich bereit erklärt, mich in meiner Entwicklung zu unterstützen, mir weiterzuhelfen, dringende Fragen zu beantworten. Die Begegnung mit Nataha fühlt sich wie ein Neubeginn an, ein Anfang für ein ganz neues Leben. Die brennenden Fragen, mit denen ich mich seit Jahren herumschlage, sollen nun beantwortet werden. Vielleicht würde ich dann in der Lage sein, mich anders in der Welt zu bewegen, mit mehr Offenheit, Leichtigkeit und Freude. Dies wäre der Beginn für ein Leben mit Tiefgang und Sinn!

Aber da ist der Alltag mit seinen Hindernissen und Störungen. Nach ein paar Tagen ist alles wie vorher. Die bekannte Unruhe mit den nagenden Fragen stellt sich ein. Wird das Geld für diesen Monat reichen? War diese Entscheidung richtig? Wäre eine andere Herangehensweise nicht angemessener gewesen? Die Zweifel rütteln wieder an mir und verunsichern mich. Gerade im rechten Augenblick meldet sich Nataha. „Lass deine Sorgen los und spüre was jetzt ist! Gehe hinein in die Schwingung des Augenblicks. Alles ist Schwingung, jedes Wort, jede Geste, mit Schwingungen hast du es überall zu tun. Und wenn du offen dafür bist, wirst du ganz schnell eine neue Ebene erreichen. Wenn du gelernt hast, Schwingungen wahrzunehmen, wirst du weiterkommen in deiner Entwicklung. Heute kannst du mit dem Wort Dankbarkeit arbeiten! Geh in das Wort hinein und spiele mit ihm! Die Schwingung dieses Begriffs hat auch mit dem Inhalt zu tun. Wenn du dankbar bist für das, was dich umgibt, wenn du die Dinge als Geschenke wahrnehmen kannst, hast du schon viel gewonnen. Beginne mit einem Spiel: Ich bin dankbar für ... Finde mindestens zehn Dinge oder Situationen, die nicht selbstverständlich sind, für die du wirklich dankbar sein kannst. Sage: Ich bin dankbar für meine Gesundheit. Ich bin dankbar für meine Freunde. Ich bin dankbar für ... na, dir wird schon etwas einfallen."

Nataha verabschiedet sich, und ich fange mit meiner Aufgabe an. Ich setze mich bequem hin, schließe meine Augen, atme tief durch und sehe deutlich das Wort Dankbarkeit vor mir. Viele Möglichkeiten fallen mir ein. Eins kommt zum anderen, kaum dass der Dank ausgesprochen ist. Was für eine schöne Übung, denke ich zwischendurch, und lasse mich hineinfallen in dieses freudvolle Unternehmen.

Als ich mich später an mein Tagwerk mache, spüre ich eine innere Freude. Im Laufe des Tages ertappe ich mich immer wieder dabei, dass ich vor mich hin summe, manchmal sogar laut singe. Da haben Grübeleien keinen Platz. Auch in den nächsten Tagen kann ich die Stimmung halten. Ich fange an, mit dem Wort Dankbarkeit zu spielen. Dankbarkeit füllt mich aus, Dankbarkeit füllt mich aus, singe ich vor mich hin. Es wird eine Eigenkomposition, die ich auf meinen Spaziergängen auch manchmal laut heraus trällere. Niemals hätte ich für möglich gehalten, dass sich Gefühle so schnell umschalten lassen. Mir fällt die Geschichte mit dem halb vollen oder halb leeren Glas ein. Als Optimistin würde ich das Glas als halb voll sehen, als Pessimistin wäre es halb leer. Ich spüre in beide Möglichkeiten hinein und kann wirklich den Unterschied feststellen. Alles hat mit den Gedanken zu tun. Wir schöpfen unsere Wirklichkeit selbst, und ich beschließe, in Zukunft ganz wach für mein Denken zu sein.

2 Konflikte: Fluch oder Segen?

Fröhlich mache ich mich auf meinen Weg. Heute habe ich ein volles Programm und freue mich darauf. Da sehe ich von Weitem Sabine, mit der es ungeklärte Situationen gibt, auf die ich jetzt gar keine Lust habe. Aber ein Ausweichen ist nicht möglich, auch übersehen kann ich sie nicht einfach. Soll eine Konfrontation jetzt meine schöne Stimmung verderben? Alles zieht sich in mir zusammen, und ich spüre eine handfeste Blockade in mir. Was soll ich tun? Das ungute Gefühl lässt sich nicht mit Dankbarkeit

14

vertreiben, oder vielleicht doch? Als die Frau vor mir steht, ist sofort eine Anspannung da, die nichts Gutes verheißt.

"Du kommst mir gerade recht", pöbelt Sabine los. „Du warst bei unserem letzten Treffen unmöglich mit deiner besserwisserischen Art. Du hast mir Dinge gesagt, die mich so getroffen haben, dass ich einfach nur sprachlos war und nichts richtigstellen konnte. Ich war sehr verletzt und habe über deine Worte nachgedacht. Ich möchte, dass du weißt, dass du dir nicht alles erlauben und die Menschen um dich herum so sehr kränken kannst."

Am liebsten hätte ich zurückgepoltert, der anderen das Wort abgeschnitten, aber mir fällt ein, dass die Auseinandersetzung mit den anderen Menschen ja auch in das neue Programm gehört. Wenn Krieg und Streit überwunden werden sollen, müssen die Menschen lernen, miteinander und nicht gegeneinander zu sein.

Hier gibt es eine Chance, die inneren unguten Gefühle anzuschauen, mit ihnen zu arbeiten und sie zu überwinden. Es ist nicht leicht, die Anschuldigungen über mich ergehen zu lassen, ohne mich zu rechtfertigen oder die Schuld von mir zu weisen. Ich weiß jedoch, dass die gegenseitigen Beschuldigungen gar nichts bringen. Wie oft hatte so ein Streit ein unschönes Ende. Verärgert gingen beide Parteien ihres Weges und mieden sich in Zukunft. Es muss auch anders gehen, denke ich jetzt, und mache einen Ansatz für etwas Neues: „Ich erinnere mich, dass ich mich damals geärgert hatte über dich. Deine unsensible Art, mit der du mir ins Wort gefallen bist, machte mich so wütend. Das wollte ich mir nicht gefallen lassen, und darum habe ich zurückgeschlagen. Aber wenn du jetzt sagst, dass dir meine Besserwisserei auf die Nerven geht, werfen wir uns ja dasselbe vor. Irgendwie ist das doch lustig, oder? Wollen wir uns zusammensetzen und darüber reden, was uns gegenseitig ärgert? Vielleicht können wir eine konstruktivere Streitkultur finden und uns gegenseitig verzeihen?" Sabine nickt verwundert. Diese Reaktion hatte sie von mir nicht erwartet. Regelrecht entwaffnet fühlt sie sich jetzt.

Wir suchen eine Bank, auf die wir uns setzen, um unser Problem gemeinsam zu lösen. Zunächst beschreibt jede von uns den eigenen Ärger.

Dabei achten wir darauf, nicht in Anschuldigungen zu sprechen, keine Du-Botschaften zu nutzen, also Sätze, die mit du bist ... du hast ... du sollst ... beginnen, sondern bei sich zu bleiben und nur unsere eigenen Gefühle zu schildern. Schon bald merken wir, wie ähnlich wir denken und fühlen. „Wenn ich höre: so kannst du das aber nicht machen, das musst du so oder so anfangen, dann sehe ich Rot. In mir fängt alles an zu toben. Ich denke: Diese Zicke soll doch den Mund halten, was bildet die sich ein? Das verhindert eine weitere Diskussion." „Genau, so geht es mir auch, auch ich kann es nicht leiden, wenn ich belehrt werden soll. Ich denke dann an meine Mutter, die auch immer besser wusste, was gut für mich ist. Ich fühle mich oft wie damals, wie das kleine Mädchen, das zurechtgewiesen wird, und das ärgert mich einfach." „Genauso geht es mir, nur dass ich an meinen Vater denke, der über mich bestimmen wollte."

Wir Frauen fangen an, zu erzählen, wie wir unter den Schwächen der Eltern gelitten haben und unsere erwachsene Freiheit einfach nur genießen möchten. Dabei stellen wir beide fest, wie oft uns diese störenden Gefühle zu schaffen machen.

Sabine und ich freuen uns, dass wir durch unsere Aussprache eine Gemeinsamkeit feststellen konnten. „Wir spiegeln uns gegenseitig." sage ich. „Durch dein Verhalten erkenne ich, was ich bei mir selbst unterdrückt habe. Dass ich eine Besserwisserin bin, hätte ich nicht gedacht. Da habe ich etwas übernommen von meinen Eltern, was mich abschreckte. Besserwisser konnte ich noch nie leiden. Jetzt weiß ich warum, und bin dir sehr dankbar, dass du dich auf dieses Gespräch eingelassen hast." Wir verabschieden uns voller Freude voneinander und versprechen uns ein Wiedersehen.

Ich möchte mehr über die Frage der Spiegelung wissen. Wie kann es sein, dass die Menschen gerade das, was sie am wenigsten mögen, bei sich selbst unterdrücken? Da höre ich eine Antwort von Nataha: „Als Kinder legt ihr eure Muster zurecht, um in euern Lebenssituationen bestehen zu können. Da bleibt euch gar nichts anderes übrig, als euch anzupassen, zu verleugnen und zu gehorchen. Irgendwann seid ihr dann kleine funktionierende

Abbilder der Eltern mit Vorurteilen und Bewertungen. Der lange Weg der Selbstfindung kann sehr mühselig sein, besonders wenn zu viele Spiegel auftauchen. Die meisten Menschen empfinden die Spiegel als Störung und wollen nicht hineinschauen. Lieber verurteilen sie die anderen und stempeln sie als Feinde ab, die bekämpft werden müssen. So behalten sie ihre Fehler, die sie nicht anschauen wollen, von denen sie aber immer wieder eingeholt werden. Es führt kein Weg daran vorbei, sich mit diesen Fehlern auseinanderzusetzen. Je eher desto besser! Gerade die Menschen, die euch am meisten aufregen, solltet ihr genauer anschauen. Sie werden gesandt, damit ihr etwas bei euch selbst erkennen könnt. So wie du es eben mit Sabine erlebt hast! Dass ihr sogar dieselben Worte füreinander gefunden habt, machte es leichter, oder? Übrigens gibt es immer mehr Menschen, die gerade ihre Gemeinsamkeiten feststellen, die sich einlassen aufeinander und an ihren Erfahrungen arbeiten, um sie in Erkenntnisse zu verwandeln. Sie merken, wie schön es ist, nicht mehr nach den Schuldigen suchen zu müssen, um gerechtfertigt für das eigene Verhalten zu sein, sondern daran zu arbeiten, die Störungen zu beseitigen. Daraus ergibt sich eine neue Freiheit. Niemand muss sich mehr bemühen, ein anderes Bild von sich zu zeigen, sondern kann einfach sein. Stell dir vor, wie leicht so ein Miteinander ist."

Ja, denke ich, wie erfreulich wäre es, wenn die Menschen sich wohlwollend begegnen können, wenn sie miteinander wachsen, indem sie sich gegenseitig unterstützen. Wie wunderbar fühle ich mich bei solchen Begegnungen und wie belastend wirken die anderen Situationen, in denen ich die Abgrenzungen erlebe so wie neulich von meiner Bekannten Margret, die mich extra anrief, um mir etwas Unerfreuliches mitzuteilen.

„Es fällt mir nicht leicht, dir zu sagen, was mir unter den Nägeln brennt, aber ich muss es tun. Ich möchte mich von dir distanzieren. Es geht dabei nicht um deine Person. Du bist mir nach wie vor sympathisch. Es ist dein Glaube, der mich stört. Ich habe dich noch nie in der Bibel lesen sehen, und was du von Jesus hältst, weiß ich auch nicht", beginnt sie ihre Rede. "Das kann ich dir sagen", kontere ich. „Ich halte große Stücke auf Jesus. Er ist so etwas wie ein Vorbild für mich. Allerdings setze ich ihn

17

nicht als Gott auf einen Thron," fahre ich fort. „Ja" erwidert Margret, „Jesus ist Gott, und wenn die Menschen das nicht einsehen, wird sich niemals etwas verändern auf der Erde. Es gibt nur den einen Weg ins Himmelreich, nämlich den über Jesus. Alles andere ist Blasphemie, Gotteslästerung. Ich habe beschlossen, mich von allen Menschen zu trennen, die nicht den rechten Glauben haben. Der Weg ins Heil ist doch so einfach. Das steht schon alles in der Bibel, dass wir nämlich nur Jesus anzurufen brauchen. Er nimmt uns die Sorgen ab und erlöst uns von den Qualen," doziert sie weiter. „Das kann ich keineswegs mittragen, da hast du Recht, denn dieser Fanatismus - entschuldige, für mich kommt das so rüber - ist anmaßend und trennend." Ich hole tief Luft und fahre fort:
„ Denk mal an die Verbrechen, die durch solche Lehren an den Menschen begangen wurden, die Kreuzzüge der Ritter im Mittelalter, die Inquisition und die Missionare. Das hat mich schon immer erschüttert. Für mich ist es wichtig, dass wir uns gegenseitig tolerieren, egal um welchen Glauben es geht. Wir treten doch gerade in ein Zeitalter ein, in dem niemand mehr seine Religion dem anderen aufzwingen sollte", gebe ich zu bedenken und stoße damit auf Margrets Unwillen. „Siehst du, es war gut, dass ich dich angerufen habe, denn jetzt müssen wir einen Schlussstrich unter unsere Freundschaft setzen. Ich möchte mich nicht mit anderen Glaubensrichtungen befassen, weil ich meinen Weg erkannt habe und keine Zeit für anderes aufbringen werde. Ich finde es schade, aber leb wohl". Damit legt sie den Hörer auf.

Huch, die ist konsequent! Aber sie hat Recht. Wenn ihr der Glaube so wichtig ist, sollte sie sich mit Gleichgesinnten zusammentun.

3 Träume und Ideale

Auch die Begegnung mit einer anderen Freundin vor ein paar Wochen macht mich nachdenklich. Gisela hatte behauptet, dass der Begriff Gott zu männlich geprägt sei und in Zukunft weggelassen werden müsse. Statt von Gott, dem Vater zu reden, sollten wir eine feminine Form finden, denn die Zeiten der männlichen Vorherrschaft seien vorbei, hatte sie gesagt.

Wie viele Gedanken haben sich die Menschen über das Thema Gott im Laufe der Zeit gemacht! Wie viele Bücher sind darüber geschrieben worden, Vorträge gehalten, wie viele Kriege geführt und Unglücke heraufbeschworen durch die Besserwisserei und Bevormundung. Auch ich habe mich mit dem Thema beschäftigt, immer wieder, habe nach der Wahrheit geforscht, mich auseinandergesetzt, gegrübelt, gezweifelt, alles verworfen, neu durchdacht. Konfrontiert wurde ich durch die Meinungen der anderen, die mir etwas überstülpen, mich überzeugen und bekehren wollten.

Ich habe für mich herausgefunden, dass es darum geht, sich nicht in die eine oder andere Richtung zu verlieren. Für mich ist es wichtig, offen zu sein, nichts zu verurteilen, jeden mit seiner Meinung da zu lassen, wo er oder sie gerade steht. Auch Margret mit ihrem Fanatismus hat ein Recht dazu.

Letztendlich geht es nur darum, dass wir alle in den eigenen Frieden kommen, mit dem wir die Welt schöner und lebenswerter machen können. Aber ist das wirklich so? Genügt das? Haben wir nicht die Pflicht, uns noch mehr einzubringen in das Weltgeschehen? Wie können wir zufrieden sein mit den Gegebenheiten, wenn wir wissen, dass täglich 100 000 Menschen verhungern? Wie können wir ruhig schlafen, wenn wir wissen, dass ganze Völker vernichtet werden, weil ein winziger Teil der Weltbevölkerung sich das Recht herausnimmt, die Erde auszubeuten und damit anderen Menschen die Lebensexistenz zu nehmen? Sind wir nicht alle dazu aufgerufen, an einer gerechteren Welt mitzuarbeiten?

Ich denke an die Frauenbewegung, die noch nicht einmal 200 Jahre alt ist. Als Anfang des 20.Jahrhunderts die Suffragetten in England mit aller

Macht um das Wahlrecht für Frauen kämpften, war das nötig, denn sonst würden noch heute die Frauen 'mit den kleinen Gehirnen, die nur dazu reichten, den Haushalt und die Kinder zu versorgen', wie es damals hieß, nicht wissen, welches Potential in ihnen steckt. Und auch die Menschen, die über Jahrhunderte als Sklaven ausgebeutet wurden, hätten immer noch nicht die Chance, ein freies Leben zu führen, hätte es nicht die Kämpfe dafür gegeben. Geht es nur mit Kampf, mit Gewalt, mit Macht? Nein, Kriege sollte es nicht mehr geben. Kriege verursachen zu viel Leid, zu viel Zerstörung und Unglück!

Ich ringe um Klarheit, um Ansatzpunkte für ein anderes Leben. Wie kann das gehen? Wie kann ich so leben, dass ich nicht Schuld auf mich lade, dass ich nicht länger mitmache bei den ausbeuterischen Ansätzen der jetzigen Welt? Wo steckt denn der Knackpunkt, frage ich mich? Was hat die Welt so gemacht, wie sie heute ist? Macht, Gier und Neid hat es schon immer gegeben. Die Menschen haben Kriege angezettelt, weil sie missgünstig und neidvoll waren, weil sie mächtig sein wollten und keinen Respekt voreinander hatten. Ist der Mensch wirklich so böse, so egoistisch und selbstbezogen, dass eine Veränderung gar nicht möglich ist? Schließlich wiederholen sich Situationen seit Jahrhunderten. Manche Menschen behaupten sogar, dass es ohne Kriege und Kämpfe nicht gehen würde, das zeige uns ja die Geschichte, in der die Kriege eine große Rolle spielten.

Es muss auch anders gehen, aber wie? Da kommt mir Nataha zu Hilfe: „Jeder Mensch trägt das Gute und das Böse in sich," sagt sie. „Das heißt nicht, dass ihr alle ausgeliefert seid und ohnmächtig. Im letzten Jahrhundert ging es bei den Menschen sehr stark um ihre Psyche. Viele wollten herausfinden, warum sie sich so verhielten, wie sie sich verhielten. Warum sie ihren Brüdern und Schwestern Leid antaten, warum sie nicht einfach liebevoll sein konnten. Tausende von Büchern existieren darüber inzwischen, Millionen von Menschen begaben sich in Therapien, um sich selbst kennenzulernen und die anderen besser zu verstehen. Viel Erkenntnis hat das gebracht, und allmählich verändert sich etwas in der Welt.

Du hast Recht, wenn du nach dem Knackpunkt für die Misere suchst. Dass jeder einzelne Mensch an der Auflösung seiner eigenen Boshaftigkeiten arbeiten muss, hast du ja schon selbst herausgefunden. Diese Arbeit kann schmerzvoll sein, bei entsprechender Einstellung jedoch auch Freude bescheren, besonders wenn die ersten Erfolge sich einstellen. Sinn und Zweck eures Lebens hat damit zu tun, dass ihr zu dem werdet, als das ihr geschaffen wurdet, nämlich liebevolle Wesen, die sich gegenseitig wohlwollend unterstützen und die Entwicklung bei sich und den anderen damit vorantreiben. Die Arbeit an sich allein genügt nicht mehr, soll etwas gegen das Ungleichgewicht geschehen, das momentan in der Welt herrscht. Die unglaubliche Armut, die verständlicherweise aus Überlebenswillen auch in Kriminalität führt oder in Apathie oder ganze Völker vernichtet, diese Armut muss überhaupt nicht sein. Auch wenn sich die Bevölkerung sprunghaft vermehrt, gäbe es dennoch genug zu essen für alle. Die Menschheit hatte schon immer mit Ungerechtigkeit und Ungleichheit zu tun, aber so schlimm wie heute war es noch nie, und darum ist es an der Zeit, über neue Ansätze nachzudenken. Systeme werden von Menschen geschaffen und können auch von Menschen verändert werden. Jeder einzelne ist dazu aufgerufen."

„Aber wie soll das gehen? Die da oben, die Politiker, machen doch sowieso was sie wollen. Inzwischen haben sich alle Parteien angeglichen, dass es auch nichts mehr nützt, eine bestimmte Partei zu wählen, die sich dann für ein neues Programm einsetzen würde. Ich sehe da gar keine Möglichkeit für eine Veränderung." Ich kann meine Resignation nicht verbergen. Nataha fährt mit ihren Ausführungen fort: "In der Vergangenheit gab es schon ganz andere Gesellschaftsformen, die besser funktionierten als jene, die ihr heute habt. Euer großes Problem ist das Geld, das eure Welt zerstört. Auch wenn die Scheine oder Münzen für sich gesehen natürlich keine Macht haben, stehen sie doch für etwas, das sich genauer anzuschauen lohnt. Was steckt dahinter, wenn sich Menschenmassen zu freiwilligen Sklaven degradieren, ihre kostbare Lebenszeit für Dinge nutzen, die ihnen widerstreben? Warum spielen alle bei diesem zerstörerischen Wahnsinn mit?" „Ja, was sollen wir denn tun", falle ich ihr ins Wort. „Wir müssen doch unsere Miete bezahlen, unsere Kinder versorgen, uns einkleiden und ernähren. Dafür brauchen wir Geld. Wir sind gezwungen mitzumachen, wollen wir nicht in der Gosse landen." Empörung spricht aus meinen Worten.

„Könntest du dir eine Welt ohne Geld vorstellen?" fragt Nataha. "Niemals, wie soll das denn gehen!" empöre ich mich weiter. „Wo sollen denn all die Dinge herkommen, die für uns produziert werden? Sollen wir in die Steinzeit zurückgehen, ohne Strom sein, weil der ja was kostet, ohne Auto, ohne all die herrlichen Dinge, die es heute gibt? Das alles muss doch bezahlt werden! Nein, eine Welt ohne Geld kann gar nicht funktionieren." „Das Geld in der Form, wie es heute besteht, wird erst seit ein paar Jahrhunderten genutzt, eine sehr kurze Zeit also in der Evolution", fährt Nataha fort. „Dennoch glauben alle, dass es nur so geht. Sogar mit dem Irrsinn der Zinsen und Zinseszinsen habt ihr euch abgefunden! Unglaublich, mit was für einer Selbstverständlichkeit heute die größten Betrügereien geschehen können, ohne dass dagegen protestiert wird. Die Ausbeutung ganzer Länder geschieht nicht im Geheimen, sondern ganz öffentlich, und wird hingenommen als Fakt, als etwas, das seine Richtigkeit hat. Dabei sind das Verbrechen an der Menschheit, an der Erde, an der gesamten Welt."

„Du hast ja Recht", räume ich ein, „aber es gibt doch keine Lösung für uns. Sollen wir hingehen und den Reichen ihren Besitz wegnehmen? Das hätte doch nur Streit oder Krieg zur Folge. Alles hat sich so eingespielt, dass eine Veränderung kaum möglich ist. Also müssen wir weiterhin mitspielen bei diesem Weltgeschehen, das uns vielleicht sogar alle in eine große Katastrophe führt. Dass es so nicht weitergehen kann, sehen schon viele Menschen ein."

„Es hat in der Menschheitsgeschichte schon immer vereinzelte Menschen gegeben, die eine Lösung für sich selbst gefunden und mit ihrer Vorgehensweise andere Menschen mitgezogen haben. Sie bewirkten sozusagen eine Vorbildfunktion in der Welt. Denk einmal an Mahatma Gandhi, Albert Schweitzer, Mutter Theresa und wie sie alle heißen. Mit ihren Fähigkeiten haben sie sich eingesetzt, haben ein Exempel statuiert und den Menschen Mut gemacht. Es muss nicht so bleiben, wie es jetzt ist, ihr könnt anders leben, liebevoller sein im Miteinander. Das zeigten diese Menschen. Sie lebten in einem großen Vertrauen, scherten aus, kümmerten sich nicht weiter um die bestehenden Regeln, sondern schufen neue zum Wohle aller."

„Und was hat das mit mir zu tun?" frage ich etwas skeptisch. „Soll ich hingehen und wie Mutter Theresa die Armen unterstützen, sie von ihrer Misere befreien? Gerne täte ich es, aber wo soll ich anfangen? Es gibt Millionen Leidender. Ich sehe für mich gar keine Möglichkeit, auch nur ein Tröpfchen dazu beizutragen, dass es anders wird. Ich bin doch nur ein ganz kleines Rädchen im Getriebe. Was soll ich schon bewirken?"

"Albert Schweitzer machte seine Träume wahr, indem er alle Zelte abbrach und nach Afrika ging. Du kennst ja seine Geschichte. Es geht darum, dass ihr eure Träume verwirklicht, an sie glaubt und alles dafür tut, sie umzusetzen. Du beschäftigst dich schon dein Leben lang mit dem Thema Armut in der Welt, mit der Würde des Einzelnen und den anderen Werten, die heute zählen. Deine Ausbildungen zielten alle darauf ab. Jetzt bist du soweit, das Neue in die Welt zu bringen. Das Neue muss ja erst entwickelt, sichtbar gemacht werden. Du kannst es tun, jetzt, hier und heute. Zögere nicht länger, trau dich! Jedes Rädchen hat eine Aufgabe, die wahrgenommen werden muss! Für jeden Menschen gibt es einen bestimmten Wirkungskreis. Ihr alle seid großartig und wunderbar, jeder einzelne Mensch ist eine göttliche Schöpfung! Glaube mir, ihr habt viel mehr Möglichkeiten, etwas zu verändern als ihr denkt. Du wirst unterstützt, musst nicht allein gegen den Rest der Welt angehen!"

Nataha macht eine Pause und wartet auf eine Reaktion. Ich bin verwirrt und erbitte mir einen Moment, um das Gehörte zu verarbeiten. Ist es wirklich so, dass die Menschen gleichwertig nebeneinander stehen, dass alle sich einbringen können an der Stelle, an der sie gerade sind? Haben die Mächtigen Unrecht, die behaupten, dass es Herrscher und Beherrschte geben müsse? Könige und Diener? In meinem Herzen weiß ich, dass die jetzige Welt große Mängel aufweist, die zu Ungleichgewicht und Unrecht führen. Darüber habe ich schon unzählige Male nachgedacht. Neu für mich ist die Vorstellung, dass ich nicht ohnmächtig zusehen muss bei dem Treiben in der Welt. Ich kann etwas tun. Was könnte das in meinem Fall sein? Mit Geld aushelfen geht nicht. Dafür reichen meine Einnahmen nicht. Aber mit dem Geld hat meine Aufgabe etwas zu tun, spüre ich. Das Geld stürzt Menschen in Verzweiflung, wenn sie nicht genug davon haben. Das Geld trennt Menschen voneinander, wenn sie glauben, es hüten zu müssen. Das Geld hat so viel an Macht gewonnen in den letzten Jahrzehnten, dass hier etwas geschehen muss.

Kannst du dir eine Welt ohne Geld vorstellen, hatte Nataha mich gefragt. Noch vor ein paar Minuten gab es Empörung in mir mit dieser Vorstellung. Jetzt jedoch fällt mir ein, dass ich schon häufig darüber nachgedacht hatte und es mir sehr wohl vorstellen konnte. Als Jugendliche gab es ein Bild in mir, bei dem ich einfach in ein Geschäft gehen konnte, mich bedienen mit dem, was ich gerade brauchte, ohne etwas dafür zu bezahlen und wusste, dass niemand Anstoß daran nahm. Alle bedienten sich und waren bereit, sich für die anderen anderswo einzubringen. Wo kamen solche Bilder her? War ich eine Kommunistin, beeinflusst von den Lehren einiger Männer, die ihre Programme allerdings nicht erfolgreich durchsetzen konnten, obwohl sie ihr Experiment mit ganzen Völkern erprobten? Im Kommunismus spielte Geld eine geringe Rolle, ja, das Ziel war, es ganz abzuschaffen und die Ungleichheit zwischen den Menschen damit aufzulösen. Die Geschichte zeigte, dass die Menschheit nicht in der Lage war, so ein Prinzip zu leben. Weder Armut noch Ungleichheit verschwanden. Stattdessen tauchten Ängste und Unfreiheit auf, Misstrauen und Hass.

Nein, eine Kommunistin war ich nicht, schon eher eine Urchristin. Auch im Urchristentum ging es um einen anderen Umgang miteinander, ums Teilen, um Besitzlosigkeit. Der Bibelspruch: „Ihr könnt nicht zwei Herren dienen, nicht dem Mammon und Gott" war als Grundstein, als Regel für ein anderes Leben gedacht. Aber auch das funktionierte nicht. Den Kirchen wurde Reichtum und Pomp immer wichtiger, Macht und Ungerechtigkeiten hielten Einzug.

Auch hier war nicht mein Platz! Nataha hatte gesagt, dass etwas Neues sichtbar gemacht werden sollte. Was kann das nur sein, grübele ich. Ihre Idee hat mit dem Leben ohne Geld zu tun, das spüre ich deutlich. Die erfolgreichen „Weltverbesserer" hatten bei sich selbst angefangen mit der Veränderung. War das die Lösung? Sollte ich einfach etwas leben, was meine Idealvorstellung von einem Miteinander beinhaltete, ohne darauf zu achten, ob andere mitspielten oder nicht? Wie könnte denn ein Leben ohne Geld aussehen, welche Punkte wären da zu bedenken? Was war wohl das Wichtigste dabei? In Notzeiten waren die Menschen bereit, miteinander zu teilen, aufeinander zuzugehen. In Notzeiten, in denen es ums nackte Überleben geht, helfen sich die Menschen gegenseitig, weil sie spüren, dass nur so ein gemeinsames Überleben gewährleistet ist. Auch in Urzeiten, als es noch kein Geld gab, unterstützten sich alle gegenseitig, weil ein Alleingang nicht möglich war. Die größte Strafe damals bestand in einem Ausschluss aus der Gruppe.

Natürlich soll es nicht zurückgehen in steinzeitliches Verhalten, aber mit der Auflösung des Miteinanders hat die heutige Misere schon zu tun. Wir haben verlernt, andere mit einzubeziehen in unsere kleine Welt. Wir haben uns abgesetzt von den anderen, uns eingerichtet, und die Abgrenzungen werden stärker. Zäune und Hecken verstecken die Häuser vor den Einblicken Fremder. Die Reichen versehen ihre Zäune sogar mit Stacheldraht oder elektrischen Anlagen, um sich gegen die Armen zu schützen. Ist das der Knackpunkt, dass wir das Gemeinsame vergessen haben, dass unser Schwerpunkt der geworden ist, andere zu übertrumpfen? Bekommen wir die Anerkennung nicht dadurch, dass wir besser sind als andere, mehr leisten als sie?

Mitten in meinen Überlegungen geschieht etwas Wunderbares! Durch eine Radiosendung erfahre ich von einer Dorfgemeinschaft, die in Not geriet und sich selbst daraus befreien konnte. Die Not bestand darin, dass eine große Fabrik, die Arbeitgeber für fast alle Dorfbewohner war, geschlossen wurde. Plötzlich waren viele arbeitslos, niemand verfügte mehr über Geld. In dieser Situation besannen sie sich auf ein altes Verfahren: Statt mit Geld ihre Leistungen zu begleichen, begannen sie, miteinander zu tauschen. Die eine schnitt weiterhin Haare und profitierte dafür von den Leistungen anderer. Sie lieh sich ein Auto aus oder nahm sich ein Brot von einer Bäckerin. Diese ließ sich dafür von einem Arzt behandeln, der wiederum einen Haarschnitt bekam. Begeistert schildert ein Pfarrer in der Radiosendung dieses Experiment und schließt mit den Worten:" Wie schön wäre es, wenn es bei uns auch so etwas gäbe, wenn die Menschen nicht mehr so auf das Geld schauen würden wie sie das zurzeit tun."

Ich bin fasziniert. Genau das könnte die Lösung sein. Warum sollen wir erst auf eine Notsituation warten, bevor wir damit beginnen, füreinander da zu sein? Von der Begeisterung des Pfarrers angesteckt, beginne ich, mich mit dem Thema näher auseinanderzusetzen. Das große Experiment meines Lebens fängt an.

4 Die Geburt des Tauschringes

Ich verfasse einen Artikel für die Zeitungen, in dem ich mir ein neues Miteinander der Menschen in unserer Gesellschaft vorstelle und beschreibe, wie eine Tauschgruppe funktionieren könnte. Herr Müller repariert Frau Meyers Auto und darf sich später von Familie Schulz zum Essen einladen lassen. Frau Meyer hütet die Kinder von Familie Schulz. So haben alle etwas voneinander, ohne dass Geld dabei eine Rolle spielt.

Meine eigene Begeisterung im Artikel erfasst durch die Publikation viele Menschen, die sich auf diese Idee einlassen wollen. Mein Telefon steht nicht mehr still. Einsame, Alte, Alleinstehende melden sich, um sich in einer Liste erfassen zu lassen, aber auch Politische und Junge, die nach neuen Lebensmustern suchen. Reporter aus anderen Städten, die an der Idee interessiert sind, kommen in Scharen.

Ich stelle unterschiedliche Tauschsituationen für kleine Filme zusammen und freue mich über das große Interesse meiner Mitmenschen. So könnte ich doch etwas in unserer Gesellschaft verändern. Alle öffnen ihre Herzen füreinander und ihre Türen. Wir ziehen alle an einem Strang, verabschieden uns von dem Misstrauen, das in der Welt herrscht. In Radiosendungen, bei Fernsehauftritten und in Zeitungsinterviews spreche ich davon. Ich nehme die meisten Einladungen an, geht es doch darum, etwas zu verbreiten, was die Welt schöner machen könnte. Immerhin können bei dieser Sache alle mitmachen, auch diejenigen, die kein Geld haben, oder diejenigen, denen es schwerfällt, sich mehr als eine Stunde zu engagieren. Ich erlebe, wie eine junge Frau überglücklich den Rentner begrüßt, der nun täglich ihren Hund zur Mittagszeit ausführt. Durch seine Hilfe kann sie ihre neue Arbeitsstelle annehmen, und er ist zufrieden, weil sein Leben wieder Sinn macht und er sich gebraucht fühlt. Endlich kann die Studentin, die über wenig Geld verfügt, Gitarre spielen lernen, weil es jemanden auf der Liste gibt, der das anbietet. Eine alte Frau kann ihr Glück kaum fassen, als eines Tages eine Gruppe bei ihr auftaucht, die ihr bei der Ernte in ihrem Schrebergarten hilft. Voller Freude bewirtet sie die jungen Menschen und sprudelt über in ihren Erzählungen. Schon lange hatte sie dazu keine Gelegenheit mehr, denn mit ihren Nachbarn versteht sie sich nicht so gut, und ihre Kinder haben keine Zeit. Mit Tränen in den Augen gesteht die alte Frau, dass sie unter ihrer Einsamkeit leidet und darum diese Idee so großartig findet. Eine Rollstuhlfahrerin bietet Mitfahrgelegenheit in Zügen an, da sie eine Begleitperson gratis mitnehmen kann. Eine junge Mutter betreut andere Kinder mit und freut sich, weil ihr eigenes Kind nicht mehr so allein ist.

Ich bin Feuer und Flamme, vermittel, bringe zusammen - und merke nicht, wie ich mich dabei verausgabe. Für mich gibt es kein Privatleben mehr, die Wohnung hat sich zu einem Studio entwickelt, unterschiedliche Fernseh- und Radioteams geben sich die Klinke in die Hand. Die Liste der Mitmacher wächst, und die Vermittlungen müssen von mir erledigt werden. Außerdem gibt es auch noch meinen Beruf, mit dem ich Geld verdienen muss, um die Miete und all die nötigen Dinge bezahlen zu können. Und eines Morgens geschieht etwas Unglaubliches: Als ich erwache, merke ich, wie meine Beine bewegungsunfähig sind. Ich kann nicht aufstehen, weil ich gelähmt bin. Panische Angst ergreift mich. Immer wieder versuche ich, meine Beine zu bewegen, aus dem Bett zu kommen. Fehlanzeige, nichts geht. Todesängste stellen sich ein. Was ist, wenn ich niemals mehr aufstehen kann? Verhungern muss ich dann, kann doch nicht in dieser Wohnung bleiben. Wer sollte mir helfen? Wo soll ich hin? „Hilfe!", rufe ich und erreiche damit Nataha, die mich tröstet, mir gut zuredet. „Bitte, Nataha, hilf mir, hier wieder herauszukommen. Wofür werde ich jetzt bestraft?" jammere ich. „Du wirst nicht bestraft", antwortet Nataha. „Es ist nur eine Maßnahme, damit du aufwachst. Längst hast du dich überfordert mit deinem Tun. Deine Seele schreit schon lange nach Ruhe. Weil du nicht auf sie hörst, ist jetzt dein Körper eingesprungen. Er hilft sozusagen deiner Seele. Jetzt kannst du nicht aufstehen und musst überlegen, wie es weitergehen soll. Die meisten Krankheiten dienen dazu, dass ihr euch selbst erkennt." „Das weiß ich doch. In meiner Arbeit geht es darum, dass die Menschen sich besinnen, dass sie zu sich kommen, Gelassenheit in ihr Leben bringen. Und jetzt habe ich mich selbst vergessen, war nicht aufmerksam. Was soll ich denn nur tun? Wie kann ich mich wieder auf die Beine bringen? Hast du eine Idee?" frage ich verzweifelt. „Vor allen Dingen geht es um Klarheit. In deinen Gedanken für die neue Welt spielen immer viele Menschen eine Rolle. Du möchtest mit anderen zusammen arbeiten. Und was hast du die ganze Zeit getan? Alles im Alleingang geregelt wie eine schlechte Managerin in einer großen Firma. Auch die sind am Abend kaputt, haben neben ihrer Arbeit keine Energie mehr für anderes. Dein erster Schritt sollte sein, dir Mitspieler zu suchen. So viele machen schon mit, da gibt es sicher einige, die bereit sind, auch Aufgaben zu übernehmen."

Ich überlege eine Weile und habe sofort zwei junge Frauen vor Augen, die sich schon für die Gruppe engagiert haben. „Denen werde ich die Vermittlungen antragen", überlege ich laut und merke, dass Nataha wieder verschwunden ist. Zunächst rufe ich meine Nachbarin an, die einen Schlüssel zu meiner Wohnung hat. Heike ist erschüttert, versorgt mich mit allem Notwendigen und redet mir zu, einen Arzt kommen zu lassen. Das lehne ich strikt ab, bin doch schon seit Jahren mit den Selbstheilungskräften beschäftigt. Ich beschließe, erst einmal ein paar Tage auszuruhen. Vielleicht würde mein Körper mir das danken und wieder funktionieren. Mit Meditation, Ruhe und Danksagungen versuche ich, meine Ängste zu beschwichtigen.

Dann rufe ich Ursula an, eine der beiden jungen engagierten Frauen und bespreche die nächsten Aktionen der Gruppe mit ihr. Ursula ist aufgeschlossen und begeistert für ihre neue Aufgabe. Sie bringt eigene Ideen ein, schlägt vor, dass aus der lockeren Gruppe ein Verein werden könnte. Um die Formalitäten würde sie sich kümmern, einen Notar hätte sie schon an der Hand. Ich freue mich über das Engagement der anderen und erzähle von meinem heutigen Desaster. „Ich muss Arbeit abgeben, nicht mehr alles allein erledigen.", erkläre ich. "Du könntest in Zukunft mit mir zusammen die Vorträge halten. Es gibt so viele Anfragen aus anderen Städten, unsere Tipps sind gefragt. Es würde mir Freude bereiten, wenn wir das zusammen machen." Ursula stimmt gern zu. Wir Frauen telefonieren eine lange Zeit, und ich merke, wie es mir nach dem Gespräch besser geht. Ich plane und regele den halben Tag vom Bett aus übers Telefon, das glücklicherweise in Reichweite steht.

Den Rest des Tages ruhe ich mich aus. Diese Entspannung tut mir gut, und am nächsten Morgen kann ich mich erheben, nutze den Tag jedoch noch für mich selbst und meine Heilung.

Ich bin so froh über meine funktionierenden Beine, dass ich ihnen besondere Aufmerksamkeit zukommen lasse und ihnen verspreche, in Zukunft besser auf ihre Kraftreserven zu achten. In der heutigen Dankbarkeitsübung, die ich nach wie vor beinahe täglich ausübe, haben meine Beine Vorrang. Dankbar bin ich ihnen, dass sie schon so lange so wunderbar funktionieren, mich überall dorthin tragen, wo ich gebraucht werde. Dankbar bin ich dafür, dass sie so viel Schwung an den Tag legen und mir schon so viel Freude bereitet haben. Eine meiner Lieblingsbeschäftigungen ist nämlich das Spazieren und Wandern. Wie sollte ich das weiterhin genießen, wenn meine Beine nicht mitspielten? Die Freude verbreitet sich in meinem gesamten Körper, und heute weiß ich meine Gesundheit besonders zu schätzen. Warum brauchen wir das Drama in unserem Leben? Geht es nicht anders, ein Wachstum nur in Freude? Haben Schmerz und das Leid auch eine Berechtigung?

Nataha schaltet sich ein und erklärt, dass die Menschen in Polaritäten leben. Schwarz und Weiß, Gut und Böse, Schmerz und Freude, die Palette der Gegensatzpaare ist riesig und täglich erfahrbar. „Ihr fühlt euch abhängig und ausgeliefert in diesen Extremen, seid glücklich über den Sonnenschein und leidet bei Kälte und Regen. Bleiben wir bei diesem Beispiel. Du weißt, dass zu viel Sonne zu ausgedörrtem Boden führt, was wiederum Hungersnot und Elend bedeuten kann. Kälte und Regen haben eine Berechtigung in der Natur und helfen beim Wachstum. So musst du dir das mit den Schmerzen auch vorstellen. Der Mensch neigt dazu, alles für selbstverständlich zu nehmen, den Reichtum, der ihn umgibt, nicht zu schätzen. So wird das Leben schal und langweilig. Was glaubst du, warum die Menschen sich diese ganzen verrückten Dinge ausdenken, um einen Kick in ihr Leben zu bringen? Sie wollen sich spüren, wollen das Leben wahrnehmen, und das geht oft nur noch über die extremen Situationen. Die Grenzen von Körper und Seele werden nicht mehr gespürt. Du hast es selbst an deinen gelähmten Beinen festgestellt. Heute weißt du deine Gesundheit viel mehr zu schätzen. Du brauchtest sozusagen eine kleine Erinnerung", lächelt Nataha. „Willst du damit sagen, dass Krankheiten eine Berechtigung haben, dass sie keine Strafe bedeuten, wie die meisten Menschen annehmen?" frage ich ungläubig. „In den meisten Fällen. Solange ihr nicht hinter den Sinn kommt, werdet ihr mit Krankheiten konfrontiert. Sie sollen euch aufwecken, euch dabei helfen, ins Wesentliche zu kommen. Du wirst sehen, je wacher du durchs Leben gehst, desto weniger bleibst du hängen an unangenehmen Situationen, die so viel Leid bescheren, denn du musst zugeben, dass Schmerzen sehr unangenehm sein können. Verstehst du, welche Funktion diese Schmerzen haben, kannst du anders mit ihnen umgehen. Es bräuchte weder Panik, noch Verdrängung, noch Ausrottung. Eine bloße Annahme reicht, ein Hinschauen, eine Auseinandersetzung mit der Ursache, und schon gäbe es eine Erhöhung in eurer Entwicklung. Du selbst hast sehr gut geübt in der Vergangenheit, wenn du mal an deine Angst vor Schmerz denkst, die dich jedes Mal in eine Ohnmacht beim Zahnarzt führte. Vor Angst bist du einfach umgekippt, hast in den Praxen Unruhe erregt und dich mühsam aus diesem Muster befreit. Dazu möchte ich dir gratulieren." Ich erröte über dieses Kompliment und erinnere mich zurück an meine Übungen.

Damals gab es hinreichend Möglichkeiten für solche Exerzitien, ließen meine Zähne doch einiges zu wünschen übrig. Irgendwann begann ich, mit einem bestimmten Programm zum Zahnarzt zu gehen: Bewusst führte ich meine Angst mit mir, ja, lud sie geradezu ein, mich zu begleiten. In der Praxis wies ich der Angst dann einen Platz zu, wo sie sich unauffällig verhalten sollte. Meist verschwand das unangenehme Gefühl dann von allein. Auf solche Weise gelang es mir bald, den Zahnarztbesuch ohne Ohnmacht zu überstehen. Ich hatte mein Muster überlistet, oder besser, in andere Bahnen gelenkt und dadurch die Gewalt über mich zurückgewonnen. Was für ein glückliches Gefühl hatte das bewirkt. Zu wissen, dass wir nicht ausgeliefert sind, dass wir selbst mit unseren Gedanken und unserem Verhalten mitbestimmen können. Als Kind waren mir die alten Verhaltensmuster zugutegekommen. Ich war die zart besaitete der fünf Geschwister, hatte als Kleinkind zweimal sogar kurz vor dem Tod gestanden, richtete alle Aufmerksamkeit auf mich über die Krankheiten. Solche Muster setzen sich fest, und auch als Erwachsene hat der Körper immer noch nicht begriffen, dass andere Verhaltensweisen angebrachter wären. Die eingespielten Muster können sich nicht von allein verändern. Wir müssen ihnen auf die Schliche kommen und sie in Liebe verabschieden.

Was für anspruchsvolle, wunderbare Aufgaben warten auf uns. Das Leben ist spannender als jeder Film. Jeder Augenblick verdient unsere ganze Aufmerksamkeit, damit uns nichts entgeht von den Übungsmöglichkeiten für einen Ausstieg aus der menschlichen Misere. Auch der Tauschring soll einen Ausbruch aus Altgewohntem bewirken. Einen anderen Umgang zum Beispiel, offene Herzen und Freude im Miteinander. Ist das wohl möglich? Wie sieht die Bilanz nach den ersten Monaten aus? Täglich strömen mehr Menschen dazu, sind anfangs begeistert und enthusiastisch. Leider gibt es auch viele Austritte, meist schon nach den ersten Kontakten. Enttäuschungen und Missgunst bescheren Unzufriedenheit und lassen die Teilnehmer das Experiment abbrechen, um in das Alte, Gewohnte zurückzukehren. „Ich habe mir etwas anderes vorgestellt", entschuldigen einige ihren Austritt. Die meisten bleiben einfach so weg.

„Du musst das Neue sichtbar machen", hatte Nataha gesagt. War das Neue bei einem Tauschring noch nicht genug? Gab es noch weitere Ansatzpunkte für eine Veränderung in der Gesellschaft? Mahatma Gandhi hatte auf alle Besitztümer verzichtet, war mit einer einzigen Schale für seine Nahrung und den Kleidern am Leib ausgekommen. Auch Mutter Theresa verzichtete bei ihrer Arbeit auf jeglichen Komfort und schien zufrieden dabei zu sein. Sollte ich, Marie, noch einen Schritt weitergehen und meinen Besitz aufgeben, um alle Kräfte frei zu haben für die neue Aufgabe? Wie sollte das denn gehen?

Da kommen meine Engel zu Hilfe, oder sind es nur die anderen Teilnehmer des Tauschrings? Sie bieten mir nämlich immer öfter ihre Wohnungen und Häuser an zum Wohnen, wenn sie selbst abwesend sind. Als Haushüterin übe ich, mich wohl zu fühlen in fremden Behausungen. Zuerst kehre ich abends in mein eigenes Domizil zurück nach dem Blumengießen, obwohl ich in der fremden Wohnung auch übernachten darf. „Ich brauche meine eigenen vier Wände", denke ich und falle abends zufrieden in mein eigenes Bett. Doch immer öfter ertappe ich mich bei dem Gedanken, wie es wohl wäre, wenn es gar kein eigenes Zuhause mehr für mich gäbe. Ich bleibe länger in den fremden Häusern und dehne meine Anwesenheit dann auch über Nacht aus. Ich übe mich sozusagen in etwas Neues hinein und finde bald Gefallen daran.

Eines Tages ist es dann soweit: Ich fälle den Entschluss, ohne eigene Wohnung zu leben. Schlag auf Schlag zieht mein Leben mit. Mein gesamtes Habe wechselt problemlos den Besitzer. Die Abnehmer zeigen Dankbarkeit und wissen die Schätze, die ihnen zufallen, durchaus anzuerkennen. Ich kann mein Glück nicht fassen, als alles erledigt ist und ich meinen gesamten Ballast los bin. Ich fühle mich wie der Tölpelhans aus dem Märchen, der seinen erarbeiteten Lohn, nämlich einen Goldklumpen, erst einmal eintauscht gegen ein Pferd, das dann gegen eine Kuh, diese wiederum gegen ein Schwein, und letztlich eine Gans. Schließlich bleibt ein Schleifstein übrig, der ihm jedoch zu schwer wird, den er auch verschenkt und mit leeren Händen, aber überglücklich bei seiner Mutter ankommt. Ich verstehe den „Hans im Glück" so gut, denn nun tanze ich beschwingt durch die leeren Räume und fühle das große Abenteuer eines wunderbaren Lebens vor mir.

5 Ein Leben ohne eigene Wohnung

Die erste temporäre Wohnung liegt hoch über den Dächern der Stadt, mit einer riesigen Terrasse voll kleiner Bäumchen und anderen Pflanzen. Die Besitzerin weilt für mindestens zwei Monate in Amerika. Ich finde in der Wohnung Musik, die mir aus dem Herzen spricht. Mozart und Joe Cocker erfreuen mich gleichermaßen, Vivaldi, die Beatles und andere, die auch meine Regale gefüllt hatten. Die zwei Monate tun mir so gut, dass ich keinerlei Heimweh oder andere störende Gefühle in mir wahrnehme. Alles hat seine Richtigkeit und läuft wie geschmiert. Als der Kühlschrank sich allmählich leert, braucht es eine neue Quelle, denn Hunger leiden will ich nicht. Meine Kreativität kennt keine Grenzen. Ich fühle mich nicht als Bettlerin, wenn ich mein Anliegen bei Geschäften vortrage, wenn ich nach abgelaufenen oder angeschlagenen, unverkäuflichen Dingen für mich und den Tauschring nachfrage. Vielmehr verstehe ich mich als Wegbereiterin für etwas Neues.

Die politische Komponente kommt bei den Verhandlungen mit dem Bioladen ins Spiel. Der Ladenbesitzer freut sich, dass er etwas unterstützen kann, was Sinn macht, dass er in Zukunft die überschüssige Ware nicht einfach wegwerfen muss.

Auch die Studenten zeigen Bereitschaft für Unterstützung und öffnen dem Tauschring ihr Haus. Hier können in Zukunft die Versammlungen stattfinden, neue Mitglieder sich anmelden und Aktionen durchgeführt werden. Ich frage mich oft, wie diese wunderbaren „Zufälle" zustande kommen, ob der Himmel mitmischt und Nataha ihre Verbindungen spielen lässt. Denn neben dem Bioladen meldet sich noch ein Biobäcker, ein Partyservice und andere Quellen, die an unserem Unternehmen teilnehmen wollen. So kann es gehen, eine Welt im Miteinander, ein Geben und Nehmen ohne Berechnung, denn die Gruppe ist ja auch bereit, mit ihren Fähigkeiten den anderen zur Seite zu stehen. Sie renovieren beim Bäcker, helfen mit im Bioladen und putzen die Küche des Partyservice. Das Geben und Nehmen ist gewährleistet. Überhaupt achte ich sehr auf den Ausgleich, will keineswegs als Schnorrerin angesehen werden.

Doch eines Tages geschieht etwas, was mich sehr zum Nachdenken bringt und mir einen Quantensprung beschert. Sebastian, der junge Mann, der täglich zum Essen erscheint, der sich den Bauch vollschlägt, sich weder bedankt noch mithilft, sondern nur nimmt, ärgert mich über alle Maßen. So möchte ich das nicht haben, und ich überlege noch, ob ich mir Sebastian vorknöpfen soll, um ihn über die Regeln des Gebens und Nehmens aufzuklären. Plötzlich mischt sich Nataha ein. „Hier hast du eine Möglichkeit, etwas zu lernen, was wichtig ist für euch alle", sagt sie. „Es geht darum, dass ihr aus eurer Tauschgesellschaft eine Gesellschaft des Teilens macht. Vom Tauschen zum Teilen ist ein großer Sprung, mit dem du heute beginnen kannst, denn Sebastian wurde dir dafür geschickt. Er spiegelt dir etwas, was dich trifft, dich verletzt. Du bemühst dich wahrlich, einen Ausgleich zwischen dem Geben und Nehmen zu schaffen. Wie oft hast du schon geputzt und Dinge gemacht, damit es stimmte, damit du nicht jemandem etwas schuldig bliebst. Niemand sollte dich eine Schnorrerin nennen, wie das jedoch immer wieder vorkommt, weil die anderen nicht sehen können, was du alles tust in deinem Alltag. Nun kommt Sebastian daher und bedient sich einfach. Er schnorrt sozusagen, was dich ärgert, weil du das auf keinen Fall willst. Jetzt wirst du jedoch von mir dazu aufgefordert, das Nehmen zu üben, ohne dabei über das Geben nachzudenken. Wenn du lernst, in dieser Weise zu sein, wenn du lernst, jede Berechnung außer Acht zu lassen, einfach nur dem Augenblick zu folgen und entweder nur zu geben, weil es gerade angebracht ist, oder nur zu nehmen, dann wirst du toleranter sein, kannst aufhören, andere zu verurteilen, weil sie sich anders verhalten als es deine Überzeugung ist. Was glaubst du, warum die Menschen so viele Feindbilder haben? Eben aus diesen Gründen, aus Engstirnigkeit und Mangel an Großmut.

Hast du verstanden, dass dein Ärger durch die Spiegelung entsteht, dass Sebastian etwas tut, was du dir niemals gestatten würdest? Jetzt ist der Zeitpunkt gekommen, dieses Verhalten zu verändern. Du darfst einfach etwas nehmen, wenn du es brauchst. Probiere es. Du wirst feststellen, dass das ein ganz anderes Gefühl ergibt, du in die Freiheit hineinwächst, aus

Freude zu geben, was du gern gibst und nur das zu nehmen, was du wirklich brauchst." Ich bin sprachlos, empfinde doch das eben Gehörte als eine zu einfache Regel. Auf jeden Fall nehme ich mir vor, genau das zu tun, um was Nataha mich gebeten hat. Am nächsten Tag erscheint Sebastian mit einer Tüte voller Obst und Gemüse vom Bioladen, das er schon mal abgeholt hat, damit ich es nicht mehr tun müsse. So schnell geschieht Veränderung, denke ich, und sogar ohne dass wir darüber sprechen müssen.

Auch für die Übung mit dem Nehmen ergibt sich sehr bald eine Gelegenheit. Die Gäste aus der Nachbarstadt, die sich einmal im Monat für einen „Tauschrausch" bei uns einfinden, haben eine Menge brauchbarer Dinge mitgebracht. Bei einem Tauschrausch wechseln Gegenstände ihre Besitzer, weil die einen sie selbst nicht mehr benötigen, doch die anderen sie sehr gut verwerten können. Diese Sonntage sind zu einer festen Einrichtung geworden, bei denen die Freude an erster Stelle steht. Diesmal erregt ein wunderschönes, zweiteiliges Kleid, wie neu und sehr kostspielig, meine Aufmerksamkeit. Immer wieder gehe ich daran vorbei, befühle den Stoff und gestatte mir schließlich eine Anprobe. Das Kleid sitzt wie angegossen, die Farbe stimmt und überhaupt scheint es wie für mich gemacht. Von allen Seiten werde ich bewundert, und die ehemalige Besitzerin ermuntert mich dazu, das gute Stück in meinen Besitz zu nehmen. Das jedoch erweist sich als unmöglich für mich. Auch in meinen besten Zeiten habe ich mir niemals so teure Kleidung zugelegt. Diesen Luxus habe ich mir einfach nicht zugestanden, nicht für nötig erachtet. Mein Dilemma besteht darin, dass der Wunsch in mir groß ist, dieses Stück zu besitzen, die Kontrolleurin in mir es jedoch verbietet. Hin- und hergerissen verbringe ich den Tag. Als auch am Abend niemand anderes das Kleid ausgesucht hat, es immer noch zur Verfügung steht, fallen mir Natahas Worte ein: Du musst üben, einfach nur zu nehmen. Etwas zaghaft und schüchtern greife ich schließlich zu. Die große Freude stellt sich erst später ein, als ich merke, wie gut angezogen ich damit auftreten kann. Auch in Zukunft wähle ich Dinge von hoher Qualität, jedoch niemals mehr als ich wirklich brauche. So beziehe ich die Vereinfachung meines Lebensstils auf die Quantität, nicht jedoch auf die Qualität. Herauszufinden, was am besten zu uns passt, wird wohl unser Leben lang dauern. Auch Geschenke anzunehmen, ohne über eine Gegengabe nachzudenken, will gelernt sein. Mir fallen die Weihnachts- und Geburtstagsfeste ein, bei denen oftmals Geschenke im gleichen Wert ausgetauscht werden. Ich habe schon erlebt, wie eine Familie sich nach dem Preis der erhaltenen Weinflasche erkundigte, um den Freunden etwas Entsprechendes zu präsentieren, ihnen nichts schuldig zu bleiben. Absurd und unangemessen war mir das vorgekommen. Spannend und abenteuerlich erscheint mir dagegen die neue Herangehensweise, das Schenken und Annehmen aus Freude. Allgemeine Routine und Langeweile heben sich auf in so einem Leben wie ich es führe. Stattdessen bereichern die täglichen Überraschungen und Wunder den Alltag, der niemals gleich aussieht.

Ich denke an mein früheres Leben mit dem Geld. Warum empfinde ich jetzt alles so viel aufregender und schöner als damals, als vieles noch so gut geregelt war und es keine Engpässe im täglichen Sein gab? Meine Freundinnen unterstellen, dass das Leben ohne Geld kompliziert ist, mehr Abhängigkeit und Schwere mitbringt. Aber das Gegenteil ist der Fall: ich fühle Leichtigkeit und Freude. Weil nichts mehr selbstverständlich ist, empfinde ich eine Weite ohne jede Begrenzung. Alles ist möglich, frei und unberechenbar. Und für alles gibt es eine Lösung. Diese Erkenntnis beschert mir das große Vertrauen, das mich in die Freude und Dankbarkeit führt.

6 Die Medien

Für die Veröffentlichung in einer Zeitung soll ich meinen Tagesablauf darstellen. Ich schreibe schwungvoll und mit blumigen Worten. Ich erkläre, mit welchen Glücksgefühlen ich mich früh am Morgen erhebe, um offen zu sein für das, was an diesem Tag geschehen will. Es sprudelt aus mir heraus und mir gefällt, was ich geschrieben habe. Die Zeitung jedoch kann damit nichts anfangen. Zu abgehoben sei das, zu einfach, Leben könne nicht so leicht sein, begründet die Redaktion die Ablehnung des Verfassten.

Auch in den Vortragsveranstaltungen geht es oft um diese Leichtigkeit, die mit Leichtfertigkeit gleichgesetzt wird. Wie häufig vernahm ich schon Worte wie: „Na, da machen Sie es sich aber leicht!". Muss Leben hart und schwer sein? „Deine Worte klingen wie die meines Enkels", sagt eine Bekannte zu mir. "Er hat dieselben Ansichten wie du. Aber zum Sattessen kommt er zu seiner Oma. Da braucht er natürlich kein eigenes Geld und kann gut reden." Auch hier wieder die versteckte Beschuldigung. „Warum bleiben die Menschen in ihrem Hamsterrad und verurteilen diejenigen, die einen Ausbruch wagen", frage ich mich. Dankbar vernehme ich Natahas Erklärung: „Du darfst den anderen nicht übelnehmen, dass sie ohne Verständnis auf dein Tun blicken. Schließlich haben sie sich eingerichtet, haben die bestehenden Regeln für sich akzeptiert, gehen Konzessionen dafür ein, verzichten auf vieles, bemühen sich, ein gutes Mitglied der Gesellschaft zu sein, bringen Opfer. Und da kommst du daher mit diesen Ansichten, die ihrer Meinung nach gar nicht funktionieren können, ja, nicht funktionieren dürfen, denn so wären ja ihre Opfer umsonst gewesen. Mit deiner Lebensdevise stellst du die gängigen Wertevorstellungen auf den Prüfstand und verunsicherst deine Umgebung. Hab Geduld und nimm nicht übel, dass deine Mitmenschen sich schützen wollen. Auch das hat eine Berechtigung." „Aber es tut so weh. Diese ständigen Angriffe sind kaum auszuhalten. Neulich habe ich sogar geweint nach der Veranstaltung, hätte am liebsten alles hingeworfen und mich ganz und gar zurückgezogen. Ich tue den anderen doch nichts, nehme ihnen nichts weg, bemühe mich nur, alte Strukturen aufzubrechen und zu zeigen, dass etwas anderes möglich ist, dass wir nicht im Leid stecken bleiben müssen. Mut möchte ich machen, Impulse geben, mehr nicht", lamentiere ich. „Der Weg eines Visionärs ist niemals einfach. Früher wurden solche Menschen sogar gesteinigt oder gelyncht. Denk mal an Jesus` Geschichte. Obwohl er den Notleidenden half, sie von ihren Leiden befreite, nur Gutes tat, niemandem schadete, wurde er gekreuzigt. Er wurde dafür bestraft, dass er etwas Neues in die Welt bringen wollte und damit vielen ein Dorn im

Auge war. Gandhi wurde erschossen, ebenso wie Martin Luther King und andere Reformer. Die Menschen tun sich schwer, den eingefahrenen Weg zu verlassen und Neues zu akzeptieren", fährt Nataha in ihrer Erklärung fort. „Aus deiner Arbeit als Psychotherapeutin ist dir bewusst, dass eine Veränderung im Leben nur durch deine eigenen Erkenntnisse möglich ist. In deinem Fall heißt das, du brauchst noch mehr Verständnis für die anderen, musst nicht in Abwehrhaltung gehen, dich nicht verteidigen oder zurückschlagen. Du weißt um den Wert deines Tuns, bist für viele Menschen Mutmacherin, Impulsgeberin. Steh zu dir und deinen Erkenntnissen. Bleibe dir treu und fühle dich geliebt. Du bist nicht allein, auch wenn du es so empfindest. Millionen Menschen sind ebenso wie du auf dem Weg, auf ihrem eigenen Weg in eine bessere Welt. Eure Arbeit ist wichtig, halte durch." Ich nehme mir vor, in Zukunft die Sensibilität für meine Verletzbarkeit ins Visier zu nehmen und mich zu stabilisieren.

Dazu habe ich genügend Gelegenheit, denn neben den Vorträgen gibt es die zahlreichen Fernsehauftritte, die mir zu schaffen machen. Konnte ich in den ersten beiden Jahren die Tauschringe und das Verhalten der Gruppe vorstellen, reduziert sich das Interesse nun auf meine Person. In ein paar Minuten soll ich erklären, warum ich diesen Weg eingeschlagen habe, was ich damit bewirken will, und oft genug spüre ich bei den Moderatoren eine Ironie zwischen den Fragen. Wie gern wäre ich etwas schlagfertiger mit witzigen Antworten und Gelassenheit. Aber das gelingt mir höchst selten. Ich kann einfach das Gefühl nicht loswerden, dass ich über den Tisch gezogen werden soll, dass andere sich über mich amüsieren wollen. Dafür finde ich lange keine Lösung.

Allerdings mache ich auch wunderbare Erfahrungen mit einigen Fernsehsendern, die mich mehrere Male einladen zu unterschiedlichen Themen. Einmal darf ich über die Engel reden, was eine ganz neue Erfahrung für mich ist. Ich sprudel mit großer Leichtigkeit Geschichten heraus, und im Anschluss an die Sendung werde ich umringt von den jungen Menschen im Studio, die begierig mehr hören wollen. Nach dieser Sendung spüre ich, dass das Wohlwollen der Fragenden mir so gut getan hat. Ich fühlte mich als Mensch gesehen, mit einem wichtigen Thema, und nicht als Entertainerin, die vielleicht durch einen Fauxpas die Sendung aufwerten könnte. Wie schön wäre es, wenn Menschlichkeit und wirkliches Interesse immer bei den Medien da wären. Die Radiosendungen haben einen anderen Stellenwert als das Fernsehen für mich. Beim Radio gibt es genügend Zeit und bei manchen Moderatoren wirkliches Interesse. Wenn ich den ganzen Morgen in einem Studio sitze und die Sendung mitgestalten darf, fühlt sich das für mich so richtig an, so human. Ich kann in den drei Stunden, die zur Verfügung stehen, meine Gedanken zusammen mit dem Moderator entwickeln, muss nicht kurz und präzise etwas auf den Punkt bringen, um Minuten einzusparen, weil „Zeit" ja „Geld" bedeutet. Nach so einer Radiosendung, von denen es eine Menge gibt inzwischen, häufen sich Kommentare der Zuhörer. Sie fühlen sich angespornt, ihre eigenen Träume zu verwirklichen, weil sie durch meinen Beitrag von der Umsetzung auch unmöglich scheinender Vorhaben vernommen haben. Alles ist möglich, ist mein Slogan, der freudig angenommen wird.

Ich gehe mit meinen Gedanken in die Anfänge meiner Medienbeiträge zurück. Eines Tages werde ich von einem Journalisten aufgesucht, der eine seitenlange Reportage für eine bekannte Frauenzeitschrift über mich schreiben möchte. Wir besprechen das Vorgehen, kommen überein, dass er mich eine Woche lang begleiten wird. Am Abend des ersten Tages bin ich jedoch dermaßen verausgabt, dass ich das Unternehmen absage, den ungeschriebenen Vertrag auflöse, allerdings ohne jedes Verständnis des jungen Mannes. Kreidebleich versucht er, mich zu überzeugen, wie wichtig diese begonnene Arbeit für die Welt sei! Diese Arbeit könne nicht einfach abgebrochen werden. Er hätte schließlich einen Vertrag mit der Zeitschrift einzuhalten, und ich müsse nun mitspielen - was ich letztlich auch mache. Allerdings fällt es mir sehr schwer, und bei den gezielten Interviews bin ich zu Beginn sprachlos, kann keine klaren Gedanken fassen, fühle mich wie bei einem Examen und brauche beinahe die ganze Woche, bis es fließt. Die Reportage ist dennoch gelungen und bringt die Geschichte voran. Darum geht es mir: Durch die Berichte über mein Leben Menschen zu anderem Denken anzuregen. Meistens meldet sich nach einer Veröffentlichung sofort der nächste Interessent. So wie diesmal Peter, ein

Filmemacher. Auch hier stimme ich zunächst zu, plane den Ablauf zusammen mit ihm, begeistere mich und schiebe Vorbehalte zur Seite- bis zum ersten Drehtag. Da falle ich in meine Ängste zurück, fühle mich blockiert und unfähig, auch nur einen Satz natürlich herüberzubringen. Alles wirkt gekünstelt und aufgesetzt, und wieder will ich das Projekt abbrechen. Peter zeigt dafür kein Verständnis. Er schafft es schließlich, mich von der Wichtigkeit des Projekts zu überzeugen.

Warum wiederhole ich meine Verhaltensweisen, was geschieht da mit mir? Nataha erklärt: „Deine Ängste vor Blamage, vor Demütigung sind so groß in dem Moment, dass du meinst, auf keinen Fall der Sache zu genügen. Am einfachsten erscheint dir dann die Flucht, und so probierst du zunächst, die Situation zu umgehen, nicht mitzuspielen. So oft verhältst du dich auf diese Weise. Du hast Glück, dass die anderen nicht mitmachen, dass sie sich zur Wehr setzen und ihre Interessen vertreten. So kannst du Stück für Stück ein altes Schema verlassen und die neue Situation erproben. Letztendlich zeigst du großen Mut und meisterst wirklich den Alltag fabelhaft. Dazu möchte ich dich beglückwünschen."

Ich bohre trotz des Lobs weiter, möchte wissen, wie ich in Zukunft schneller Meisterin meiner Ängste werden kann. „Ängste blockieren, lähmen und behindern euch auf der einen Seite, doch trotzdem schützen sie in bestimmten Situationen. Nimm einmal das Beispiel Feuer. Ein unvorsichtiges Kind kann leicht in Todesgefahr geraten ohne den Schutz der Furcht. Auch die Angst vor Wassertiefen ist durchaus angebracht. In fortschreitendem Alter kann sich Furcht in Respekt vor der Situation wandeln. Bleibt sie jedoch haften ohne darüber nachzudenken, schafft sie diese Ohnmachtsgefühle, wie du sie in deinem Leben oft erfährst. So wie du bereits gelernt hast, die Furcht vor Schmerzen aufzulösen, kannst du Angst vor geistigem Versagen auch aufgeben. Du wirst noch einige Präsentationen dafür erhalten, brauchst nur wach zu sein und dich einzulassen. Schritt für Schritt löst du dann etwas auf, das dich in deiner geistigen Entwicklung oftmals gehemmt hat. Lass dich nicht unterkriegen, sei aufmerksam für die Lektionen und freue dich über Lernerfolge."

Lektionen folgen am laufenden Band. In Form von Moderatoren,

Journalisten und Showmastern treten sie auf und bringen mich an den Rand des Erträglichen. Die entstandenen Verletzungen gehen nicht spurlos an mir vorüber, stürzen mich in emotionale Abgründe, die oftmals als Folge den geplanten Ausstieg herausfordern, der dann jedoch durch die Penetranz der anderen nicht zustande kommt. Ein altbekanntes Muster aus meiner Kindheit, das aufgebrochen werden möchte. Wie damals in die Arztpraxen, nehme ich jetzt die Angst mit in die Studios. Ich spreche mit ihr, wertschätze sie, nehme sie ernst. Auf keinen Fall verdränge ich sie, denn das bringt gar nichts, wie ich inzwischen weiß. Gefühle lassen sich nicht einfach verdrängen, tauchen in den unmöglichsten Situationen auf, um zu blockieren, bloßzustellen, um gesehen zu werden. Aus meiner Arbeit als Psychotherapeutin weiß ich, wie sehr die Menschen sich damit herumschlagen, auszubrechen aus diesen unangenehmen Lagen, sich zu befreien und in Leichtigkeit daherzukommen. Leicht ist schwer, fällt mir dazu ein.

Eine Anfrage wegen eines Fernsehfilms, für den ich zwei Tage lang begleitet werden soll, wirft die alten Gefühle auf. Panik ergreift mich, verwirrt mich ein paar Tage, bevor ich zum Telefonhörer greife, um das Vorhaben abzusagen. Doch meine Argumente ziehen in keiner Weise. Die Gegenrede der Regisseurin hat mehr Gewicht, ihre Begründungen sind überzeugend. Resigniert lege ich den Hörer auf, ich spüre, dass ich verloren habe, und setze mich dann hin, um Kontakt zu meinen dramatischen Empfindungen aufzunehmen. „Wieso glaube ich, verloren zu haben", frage ich mich. „Wie oft haben mir andere Menschen gratuliert zu meinen Erfolgen in den Medien. Sie würden mich total beneiden für meine Präsenz, die meist ohne mein Zutun entsteht. Warum trete ich diese Gabe mit Füßen, warum sehe ich nicht das große Geschenk darin? Was hindert mich?" grübel ich, nach einer akzeptablen Lösung suchend. „Du musst als erstes nach dem Ursprung für dieses negative Gefühl suchen", greift Nataha ein. „Kannst du dich erinnern, was in deiner Kindheit dazu geführt haben könnte, dass du statt stolz zu sein über den Erfolg, in dieses negative Gefühl gehst?" „O ja, durchaus", erwidere ich. „In der Schule war ich in den ersten Jahren Klassenbeste, was mir sehr geneidet wurde. Meine Riva-

linnen machten mir das Leben schwer. Sie freuten sich über jeden von mir begangenen Fehler, wurden sogar freundlicher, wenn meine guten Leistungen ausblieben. Und so bemühte ich mich um Anpassung, weil ich mich dann eher von den anderen geliebt fühlte. Ich stand meiner Entfaltung selbst im Weg, weil es ständig den Vergleich mit anderen gab. Wir blockierten uns gegenseitig, denn auch ich war neidisch auf andere. Wenn ich heute bedenke, wie viel leichter es gewesen wäre, wenn wir uns gegenseitig unterstützt hätten, ohne schreckliche Konkurrenz-Gedanken und ständiges Vergleichen, wir hätten viel mehr Freude und Spaß haben können. Das schlimmste daran ist, dass sich diese Muster so sehr eingeprägt haben. Mit Ende der Schulzeit war ja nichts abgeschlossen, sondern das Gefühl, nicht besser sein zu dürfen als die anderen, blieb, übertrug sich auf alles Anschließende. Wie häufig fühle ich mich heute noch begutachtet, abgeschätzt und abgewertet, wenn ich mich in irgendetwas hervortue. Schnell versuche ich, zu beschwichtigen, zu zeigen, dass ich auch Fehler mache, gar nicht so gut bin. So deutlich habe ich das noch nie gesehen", überlege ich. „Ich freue mich auf die nächste Übung, denn wieder habe ich eine Chance. Den ersten Schritt, nämlich die Absage, habe ich schon hinter mir. Nun kann ich einfach in die Freude gehen, stolz darauf sein, dass es wieder Interesse an meinem Tun gibt, dass ein Team von weither kommt, um mit mir zu arbeiten, dass ich meine wunderbaren Ideen ausbreiten und mitteilen darf. Dankbar bin ich dafür und werde mich diesmal einfach nur entfalten. Ich werde meine Ideen in den Mittelpunkt stellen und mit meiner Person in voller Größe begleiten. Diesmal möchte ich nicht meine Unfähigkeiten beweisen, sondern den Erfolg genießen.
Dazu fallen mir die Sängerinnen und Schauspielerinnen ein, die in hohem Alter auf der Bühne stehen und stimmgewaltig ihr Programm durchziehen. Statt sich ihres Alters zu schämen- wie es eigentlich erwartet würde – zeigen sie ihre Freude, sprudeln über vor Glück und sind stolz auf ihren Erfolg. Sie zeigen, wie es gehen kann und können allen Vorbild sein."
Meine Überlegungen gehen weiter in meine eigene Vergangenheit. Die vielen Abbrüche im Beruf, die Anfänge für etwas Neues, die Umzüge, muss ich das als negativ registrieren oder kann ich mein bewegtes Leben

gutheißen? Warum musste ich die Gruppe nach ein paar Jahren verlassen, konnte nicht bleiben? Hätte ich nicht mehr erreichen können, wenn ich ein gutgehendes Modell der Welt hätte präsentieren können nach der Devise: schaut, so wird es gemacht!

Auch jetzt, nach vier Jahren, kamen immer noch neue Menschen dazu, die von der Idee, weniger Geld benötigen zu müssen, angetan waren. Es gab Untergruppen, Trommler, Tänzer, Sänger. Es gab ein Internetcafe, eine Rarität in der damaligen Zeit, das gut funktionierte, den täglichen Mittagstisch, die Hausaufgabenhilfe für Kinder, die Meditationsgruppe, eine Selbsterfahrungsgruppe, Friseurtermine für einige, wenn der Mond günstig stand, Brotverteilung, Tauschrausche, und vieles mehr. Ein wirklich erfolgreiches Programm war das damals, sinniere ich. Warum musste ich dennoch in die andere Stadt gehen, um von ganz vorn zu beginnen, nachdem ich alles fein säuberlich der Gruppe übergeben hatte? Gehörte das zum alten Muster oder gab es eine positive Interpretation? Dazu fällt mir das Buch: ‚Geschwisterfolge als Schicksal‘ von Karl König ein. In seinen Tausenden von Untersuchungen kommt er zu folgendem Schluss: Es gibt in den Familien die Dreiergruppen – erstes, zweites, drittes Kind. Beim vierten beginnt die Einteilung von vorn. In einer Familie mit 9 Kindern gäbe es demnach dreimal erste, zweite oder dritte Kinder. Die ersten Kinder hätten mit Tradition und Konvention, mit der Vergangenheit also, zu tun, die zweiten lebten ganz in der Gegenwart und die dritten seien die Visionäre, die sich mit der Zukunft beschäftigten. Natürlich ist das eine starke Vereinfachung seiner Gedanken, die viel ausführlicher in dem Buch dargestellt werden. Für mich ist es eine große Hilfe. Endlich verstehe ich, warum ich nicht einfach zufrieden sein kann mit den Gegebenheiten, ständig etwas verändern will und von einer ganz anderen Welt träume. Als drittes Kind kann ich mich zu den Visionärinnen zählen. Meine Abbrüche, Neuanfänge, Unzufriedenheit, Risikobereitschaft, Kreativität machen Sinn und beunruhigen mich nicht mehr.

Als ich mit einem Koffer, einem Rucksack und einer kleinen Handtasche ausgerüstet, in der neuen Stadt ankomme, habe ich keinerlei Ahnung, was das Leben nun mit mir vorhat. Auch hier gibt es einen Tauschring, dem ich mich als erstes anschließe. Übernachtung finde ich für eine Woche bei einer Freundin, die in dieser Stadt wohnt. Ich fahre mit dem Programm fort, das ich schon ausgearbeitet hatte. So gibt es bald eine Kochgruppe, Meditations- und Gesprächsgruppen, Tauschrausch und anderes. Auch meine Haushüter-Tätigkeit nehme ich wieder auf, denn in dieser Stadt erregt meine Lebensweise genauso Aufsehen bei Funk und Fernsehen wie vorher in der anderen, und die Einwohner engagieren mich ebenso. Schon bald bin ich an dem Punkt, an dem alles läuft wie vorher. Gleichzeitig wächst meine Ungeduld und Unzufriedenheit. Mein Tun erscheint mir nicht weltbewegend genug. Das Engagement der Mitmacher weist mir keine echte Veränderungsbereitschaft auf, und so verlasse ich die Stadt nach einem Jahr wieder.

Es muss anders gehen. Aber wie, denke ich noch, als Nataha wieder einspringt. „Tauschringe sind ein guter Anfang für die Wertschätzung von Arbeiten, die ja gleichwertig nebeneinanderstehen. Auch dass sich hier so unterschiedliche Menschen begegnen, sich nicht gegenseitig abschätzen und Arbeiten erledigen, die sie aus Freude tun, ist neu gegenüber der alten Gesellschaftsordnung. Du hast deinen Teil dazu beigetragen, etwas zum Laufen gebracht. Dein nächster Schritt hat nichts mehr mit dem Tauschring zu tun. Für dich geht es um tieferes Eintauchen in das Vertrauen ins Leben, ein Sein ohne Tausch, nur aus dem Teilen heraus. Lass dich überraschen", sind Natahas Worte, bevor sie sich verabschiedet.

7 Geld zu verschenken

Fünf Jahre lebe ich schon mit den Tauschringen, drei davon ganz ohne Geld. Jetzt soll sich also wieder etwas verändern, eine Rückkehr ohne Netz, ohne Vertrautheit, eine Rückkehr ins Ungewisse sozusagen. Winkt da nicht die Gosse, hatte ich nicht bislang einfach nur Glück gehabt mit meinen guten Ideen? Erstaunt stelle ich fest, wie leicht der nächste Lebensabschnitt beginnt. Ich finde Unterschlupf in einem Büro, wo die

Mitarbeiter froh darüber sind, dass ich das Telefon bediene, Post entgegennehme und einfach da bin. Ich bringe mich voller Freude ein, koche, putze, bin guter Dinge für ein paar Monate. So lange währt der Zustand des Neuen, Abenteuerlichen. Doch dann packt das alte Muster mich wieder beim Schopfe, und ich kann diesen Zustand des Stillstands nicht länger ertragen, beschwere mich beim Himmel und hoffe auf Neues. Das stellt sich ein durch den Auftrag für mein erstes Buch. Unglaublich! Viele Schreiber kenne ich, die sich schon seit Jahren bemühen, ihre Schriften zu veröffentlichen. Vor einem Jahrzehnt hatte ich selbst zu ihnen gehört mit einem Manuskript, das niemand verlegen wollte. Nun habe ich diese Bestellung in Händen, einen wunderbaren Vertrag. Sogar Geld soll ich nur fürs Schreiben erhalten. Soll das jetzt eine Prüfung für mich sein? Gibt es da nicht einen handfesten Widerspruch? Ich schreibe ein Buch über das Leben ohne Geld und erhalte eine Menge Geld dafür, was ich nicht ausschlagen will. Was bedeutet das nun wieder? Vielleicht soll ich ja in Zukunft viel Geld verdienen, um es an die Armen zu verteilen, denke ich. Vielleicht soll ich eine Stiftung gründen und Gutes tun mit dem Geld, überlege ich weiter. Die Frage der Bezahlung beschäftigt mich lange. Wie kann ich mit dem Geld so umgehen, dass ich meiner Lebensdevise dabei nicht untreu werde? Auf jeden Fall werde ich erst einmal das Geld annehmen. Das geht ziemlich leicht, denn obwohl ich damals mein Bankkonto aufgelöst habe, behielt ich aus irgendwelchen Gründen das Konto meines Sparbuchs, auf dem natürlich kein Sparguthaben lagerte. Jetzt erfahre ich bei der Post, dass der Scheck des Verlags zunächst auf mein Sparbuch eingezahlt werden kann. Dort bleibt er eine Weile, bevor mir klar ist, was ich mit dem Geld machen werde. Nach einer fünfmonatigen Schreibphase gebe ich das fertige Manuskript mit großen Bedenken ab. Wird es gut genug sein? Habe ich mich nicht lächerlich gemacht? Vielleicht wird es doch nicht angenommen? Unruhige Nächte folgen, und ein riesiger Stein fällt mir vom Herzen, als der Verleger mir telefonisch mitteilt, dass das Buch jetzt ins Lektorat ginge. Bei der Veröffentlichung in fünf Monaten würde ich den nächsten Scheck erhalten. Ich mache mich beim Finanzamt schlau darüber, wie viel ein Mensch im Jahr einnehmen darf, ohne Steuern zahlen zu müssen. Mir geht es dabei nicht darum, den Staat zu betrügen, Pflichten zu vernachlässigen, sondern einzig und allein um die Vermeidung der Rückkehr ins Hamsterrad. Auf keinen Fall möchte ich Ausgleiche, Nachweise, Beweise erbringen und erfahre, dass die Höhe des Schecks die Einnahmegrenze eines Jahres nicht überschreitet, ich mich demnach nicht schuldig mache. Die Frage nach den Steuern verfolgt mich lange Zeit, denn meine Mitmenschen können nicht verstehen, dass ich keine zahlen will, obwohl ich auf den Straßen spazieren gehe, obwohl ich Verkehrsmittel nutze, die von Steuergeldern unterhalten werden. Mache ich mich nicht doch schuldig dabei im Sinne von Ausnutzung? Ich weise die Anschuldigungen zurück, weil ich Steuern auf meine Art zahle, nicht mit Geld zwar, aber mit offenen Sinnen eingreife, wo es einzugreifen geht. Ich übernehme Verantwortung, wo ich kann, und lebe so schon das neue Zukunftsmodell, in dem die Menschen eigenverantwortlich einen Part übernehmen, um das Ganze zu unterstützen.

Jetzt geht es um die Überlegung, was mit dem Geld geschehen könne. Meine verstorbene Mutter fällt mir dazu ein, die sich zeitlebens mit dem Gedanken herumschlug, einmal, nur einmal in ihrem Leben aus dem Vollen schöpfen zu können und Geld zu verteilen. Wünsche, besonders unerfüllte, bleiben wohl in der Familie, tragen sich von Generation zu Generation weiter, und schon habe ich einen Plan. Ich werde Geld verschenken, nicht nur an Bekannte und Freunde, sondern auch an Fremde. Dazu begebe ich mich mit einem Eimerchen voller 5-DM-Stücke, die ich rasselnd feilbiete, in die Stadt. Lautstark preise ich mein Geschenk an: „Hier gibt's Geld! Hier gibt's Geld!" töne ich durch die Straße. Die Reaktionen der Menschen sind so unterschiedlich, dass diese Aktion, bei der ich mich von einem schützenden Freund begleiten lasse, zu einem Abenteuer wird. Da sind die Forschen, die sich erkundigen, was diese Aktion für einen Sinn mache, und die sofort mit dem Fünfer ein Flugblatt in die Hand gedrückt bekommen. Auf diesem Flugblatt können sie lesen, dass es darum ginge, doch mal etwas gezielter über das Geld nachzudenken. Zu erforschen, wie es dazu kommen konnte, dass das Geld einen dermaßen hohen Stellenwert erhält. Außerdem werden sie dazu angeregt, mit dem

Fünfer irgendwem eine kleine Freude zu bereiten. Die Zaghaften trauen sich nicht, die Hand aufzuhalten, wollen vorbeischleichen, werden jedoch von mir mit einem Fünfer versehen. Eine Handvoll der kleinen Münzen bekommt eine alte Frau, die sich tränenreich bedankt.

Doch ich muss mir auch Beschimpfungen anhören. Unerhört sei diese Aktion, keine Wertschätzung fürs Geld, eingesperrt gehört so was. Oder die anderen, die glauben, bei Annahme des Geschenks später eine Waschmaschine kaufen zu müssen. Spannend ist das. Als der Eimer leer ist, habe ich eine Menge dazugelernt.

Ich sehe zum ersten Mal in meinem Leben einen Tausendmarkschein, und bin erstaunt, dass auf ihm das Sterntalermädchen abgebildet ist. Ein paar solcher Scheine verschenke ich an Menschen, denen diese Finanzspritze gut tut. Später gehe ich von spontaner Verteilung über zu besserer Planung. Seit dem ersten Scheck ist das Geld bei mir niemals versiegt. Ich habe immer welches zur Verfügung, nutze es jedoch nicht für mich selbst, sondern bereite damit anderen Menschen, die es nötig haben, Freude.

Ich möchte Helga, eine gute Bekannte, überraschen. Helga, die sich seit Jahren mit ihrem kleinen Laden gerade so finanziell über Wasser hält, die manchmal am Monatsende nicht weiß, wie sie die nächste Rechnung begleichen soll. Wieder einmal bereitet die Ebbe im Portemonnaie eine große Verunsicherung. Helga muss unbedingt eine offene Rechnung begleichen, hat jedoch keine Ahnung, wie das gehen könnte. Ihre Tageseinnahmen reichen nicht hinten und vorn, anpumpen will sie niemanden. Und Konkurs anmelden will sie schon gar nicht. Als ich sie zum Ladenschluss besuche und die Panik in Helgas Gesicht entdecke, beschließe ich, einzugreifen. Das ist aber nicht ganz so einfach, denn Helga will sich nichts schenken lassen. Ich muss mir eine List ausdenken. Ich überrede Helga zu einem Spaziergang zur Post, wo ich mit ihr eine spirituelle Übung erproben möchte. Spirituelle Übungen liebt Helga, weil dabei immer eine Menge geschieht und sie zu neuen Erkenntnissen kommt. So geht sie gern mit zur Post, stellt sich sogar vor den Geldautomaten und nimmt die Geldscheine in Empfang, die sie gleich an mich weiterreichen will. „Nein, nein, das ist für dich", lächele ich. „Diese Scheine wollen unbedingt zu dir." An dieser Stelle beginnt Helgas Muster und der Kampf, ihm treu zu bleiben. Auf keinen Fall wird sie Geld annehmen, sie ist doch keine Bettlerin. Geld anzunehmen bedeutet, Schwäche zu zeigen und sich vielleicht abhängig zu machen. Nein, das könne sie auf keinen Fall annehmen. Mit Engelszungen rede ich auf sie ein und weise auf die spirituelle Übung hin. Annehmen will gelernt sein, sage ich. Ich musste das auch üben und merke, wie gut es tut, das Nehmen genauso zu schätzen wie das Geben. Wie leicht geht dir das Geben von der Hand, wie großzügig verhältst du dich in deinem Laden, rundest schon mal den Preis zu deinen Ungunsten ab, überlässt der Kundschaft ein gutes Stück für weniger Geld. Ich habe das schon häufig bei dir beobachtet. Und jetzt bist du dran, selbst etwas anzunehmen. Wenn es dir hilft, kannst du dir sagen, dass ich das Geld sonst jemand anderem gegeben hätte. Du nimmst mir ja nichts weg, was ich brauche, sondern das ist mein Überfluss. Du schöpfst aus meinem Überfluss, und tust damit deiner Umwelt auch einen Gefallen, weil deine Kundschaft den Laden liebt und nicht möchte, dass er verschwindet. Nach vielen Argumenten ist es dann soweit, dass Helga das Geld einsteckt und ihre Erleichterung kundtut. Ihre Ängste vor dem nächsten Tag verflüchtigen sich, und unbeschwert verbringen wir den Rest des Abends zusammen.

Wie ist die Diskrepanz zwischen dem Geben und Nehmen entstanden? Warum macht es einen solchen Unterschied, auf welcher Seite ich stehe? Stellen sich die unguten Gefühle ein beim Nehmen und die guten beim Geben? Hat das mit den Polaritäten zu tun, mit der Wertschätzung der einen Seite und der Ablehnung der anderen? Was hatte Nataha gesagt? Sollten wir nicht Sonne und Regen gleichermaßen schätzen? Würde sich dadurch die Bewertung aufheben und zur Annahme des Augenblicks führen? In unserer Gesellschaftsordnung muss das Geben und Nehmen ständig ausgeglichen sein. Jemand verrichtet eine Arbeit und erhält dafür seinen Lohn. Der allerdings unterscheidet sich gewaltig voneinander. Ähnliche Arbeiten werden ganz unterschiedlich vergütet. Irgendwie spielen alle mit dabei und sind zufrieden, wenn es zu einer Abrechnung kommt, egal in welcher Form.

Im Internetcafe hatte jemand den Vorschlag gemacht, eine Kasse aufzustellen und wenigstens einen geringen Obolus pro Kaffee und Kuchen zu nehmen. Ich erinnere mich sehr gut an mein Entsetzen bei dieser Überlegung. „Dann wissen doch alle zu schätzen, was sie bekommen", war das Argument der Fürsprecherin gewesen. „Gerade um eine Wertschätzung ohne Geld geht es ja", konterte ich. „Die Wertschätzung darin zu sehen, dass du dabei bist, dass du dich einlässt in eine neue Ordnung, das ist doch grandios. Wenn du nicht hier wärst, hätten wir nicht die Chance, miteinander zu verhandeln, zu untersuchen, zu lernen. Allein die Tatsache, dass du dich hierher auf den Weg gemacht hast, zählt eine Menge und hat einen hohen Stellenwert", fahre ich fort. „Na, wenn du das so siehst, brauchen wir doch gar nicht mehr über das Geben und Nehmen nachzudenken. Warum haben wir dann unseren Verein so genannt? Das führt doch nur zu Verwirrung, weil jeder meint, dass er sofort etwas zurückgeben muss, wenn er etwas bekommt. So ist das doch in unserer Gesellschaft, und ich finde das auch völlig in Ordnung. Du sprichst stets darüber, dass das Geben und Nehmen in Einklang sein muss, damit eine Harmonie entstehen kann. Jetzt verstehe ich gar nicht mehr, was du zu bemängeln hast." Ja, denke ich, Recht hat sie, das sind meine Argumente. Aber es geht um eine andere Wertschätzung, um neue Werte, die mit der gegenseitigen Hochachtung zu tun haben. Der Name „gib und nimm" hat seine Berechtigung, sage ich mir. Er war mir damals spontan eingefallen für den Tauschring, in dem es ja darum geht, dass die Teilnehmer geben und nehmen. Ein guter Name, auf alle Fälle eindeutig, loben die einen. Zu angepasst ans Alte und dazu noch in der Befehlsform, kritisieren die anderen. Gar nicht so einfach, es allen recht zu machen, vielleicht sollte der Name doch geändert werden, zumal das Geben und Nehmen in einer neuen Form gehandelt werden soll, überlege ich. Ich komme jedoch zu dem Schluss, weiterzuführen, womit ich einst begonnen habe. Ausdauer ist schließlich eine meiner größten Tugenden.

8 Das Gib und Nimm-Spiel

Wieder einmal bin ich zu Gast bei einem Tauschring und soll das neue Spiel vorstellen, mit dem ich durch die Lande ziehe: Die Geschenke-Spirale. Dazu haben die Tauschringmitglieder Gegenstände mitgebracht, die sie an andere weitergeben möchten. In Form einer Spirale werden diese Mitbringsel auf den Boden gelegt. Nun darf jeder eine Runde durch die Spirale machen, sich mit den einzelnen Dingen dabei in Kontakt begeben und beim Verlassen nur ein einziges Stück mitnehmen. Dabei handelt es sich um eine Bewusstseinsübung. Fragen wie: Brauche ich das wirklich? Was will ich damit tun? Stehen im Mittelpunkt und müssen beantwortet werden. Das ist gar nicht so leicht. Besonders Kinder tun sich schwer mit ihren Entscheidungen. Sie fühlen sich hin und her gerissen zwischen unterschiedlichen Gegenständen und brauchen manchmal unterstützende Fragen für die richtige Entscheidung. Einmal steht ein etwa zehnjähriger Junge neben einem schönen Kerzenständer und einem technischen Spiel, ohne sich für das eine oder das andere entscheiden zu können. Auf meine Frage, wofür er denn den Kerzenständer bräuchte, antwortet er, dass das ein Geschenk für seine Mutter sein sollte. Er darf sich beide Dinge nehmen. Obwohl es Richtlinien für das Verhalten bei den Spielen gibt, können diese verändert werden, wenn die Situation es erfordert. Das ist oberstes Gesetz: der Mensch steht im Mittelpunkt, nach ihm richtet sich alles aus. Regeln dienen nur als Richtungsweiser, nicht als starres Gesetz, das unbedingt von allen gleich befolgt werden muss. Doch diese Mal sind es nur Erwachsene, die sich in den Kreis begeben und sich auf das Spiel einlassen. Eine Frau freut sich über den historischen Roman, der ihr sicherlich die nächsten Abende verschönern wird. Da kommt eine andere auf sie zu und verlangt zwei Punkte dafür. Schlagartig ist die gute Laune der Nehmenden hin. Sie möchte keine Punkte bezahlen, zumal sie selbst auch etwas in den Kreis gegeben hat.

Die Geister scheiden sich, und ich stelle wieder einmal fest, dass solche Übungen nur Sinn machen, wenn es ganz und gar ohne Abrechnung geht, ob nun mit oder ohne Geld. Die Freude des Schenkens soll, ebenso wie die Freude des Empfangens, gefühlt werden. Das Geld, oder wie hier die Punkte, schieben sich zwischen die pure Freude. Sicherlich kann sich die Stimmung auch bei einem Schnäppchen heben, das für Geld erworben wird, oder bei einem Tausch. Aber die Erfahrung habe ich sehr häufig gemacht in den letzten Jahren: besondere Freiheit und Freude stellen sich ein beim Verlassen des eingefahrenen Pfades. Statt eine Erwartung erfüllt zu bekommen, erfährt der Mensch eine Überraschung, etwas, womit er nicht gerechnet hat, und das hebt seine Stimmung. Ich spreche dann immer von den Wundern im Alltag, die das Leben so abenteuerlich machen. Für mich ist der Augenblick unvorhersehbar, alles hat den Anstrich des Neuen. „Für die meisten Teilnehmer ist es schon ein großer Schritt, überhaupt bei dem Tauschring mitzumachen", erklärt eine Teilnehmerin in der Diskussion um die Punkte. „Wenn dazu noch die Punkte wegfallen würden, hätten sie gar keine Orientierung mehr und könnten dann nicht mehr tauschen. Nein, die Punkte gehören auf jeden Fall dazu." „Aber schau dir doch mal an, was die heute angerichtet haben, eine schlechte Stimmung, Ärger und Unfrieden. Auf diese Weise kommen wir nicht weg von unserem alten Verhalten. Mit Punkten wird doch genauso gefeilscht und gewertet wie mit Geld. Tauschringe sollten jedoch ein Anfang für einen anderen Umgang miteinander sein, für Großzügigkeit, für Wohlwollen und nicht Pfennigfuchserei, Geiz und Missgunst. In einem Tauschring war es so, dass ein Freund sein Haus für die Treffen anbot, er seine Gäste an dem Abend sogar aus seiner eigenen Tasche großzügig bewirtete. Wie erstaunt war er, als ihm mitgeteilt wurde, sein Punktestand wäre tief in den Miesen. Er müsste sich jetzt einmal bemühen, diesen Stand auszugleichen. In dieser Gruppe galt nämlich die Regel, dass jeder Teilnehmer monatlich ein paar Punkte in die allgemeine Kasse zu zahlen hätte und auf diese Weise alle in ein Minus kämen, würden sie nicht ganz schnell etwas Gutes tun. Der Freund hatte das bereits getan mit seiner Bewirtung und dem Öffnen des Hauses. Das jedoch wurde als selbstverständlich hingenommen und absurderweise nicht angerechnet. Dieser Tauschring löste sich nach kurzer Zeit wieder auf, zu Recht, denn es machte keinen Sinn, solche kleinkarierten Verhandlungen zu führen.

9 Achim

Wieder einmal bin ich eingeladen, einen Vortrag zu halten über mein Leben ohne Geld. Diesmal treffen sich etwa 40 Menschen bei Achim in einem schönen Fachwerkhaus, die alle neugierig auf mich sind. Fast alle Besucher kommen aus der politisch linken Szene, machen sich Gedanken um Systeme und Veränderungen. Es wird ein aufregender Abend. Achims Vergleich von Geld und Schulnoten finde ich sehr spannend. Obwohl Achim Lehrer ist, lehnt er konventionelle Benotung ab, weil diese seiner Meinung nach die Schüler berechnend und unselbständig machen würden. Er hat beobachtet, dass die meisten Schüler nur etwas für ein Fach täten, wenn sie dafür eine Belohnung erhielten, nämlich die Zensur. Ohne Zensur ginge gar nichts mehr, das Interesse würde erlöschen, die Schüler faul und desinteressiert sein. Die Eigeninitiative, das Feuer in ihnen, sei abgestorben und ersetzt worden durch die Manipulation von außen. Ich selbst hatte als Lehrerin ähnliche Erfahrungen gemacht und deshalb diese Berufstätigkeit abgebrochen. Die Begeisterung von Kindern durch Bewertung zu ersticken, war nicht mehr vereinbar gewesen mit meinem Lebensansatz.

Glücklicherweise gibt es schon Einrichtungen, die Kindern ermöglichen, aus freien Stücken zu lernen, ohne durch Zensuren manipuliert zu werden. Hier regen die Lehrer an, geben Beispiele und stehen nicht so sehr im Mittelpunkt wie in den traditionellen Schulformen.

Dieser Abend in Achims Haus ist der Beginn einer Veränderung in meinem Leben für die nächsten Jahre. Achim und ich begegnen uns häufig, um politische Fragen zu klären, um unsere Zukunftsvisionen auszutauschen und uns gegenseitig zu stärken.

Achim begleitet mich von da an zu meinen zahlreichen Vorträgen. Er beschäftigt sich mit den Theorien über das Geldsystem, ist unglaublich belesen, verfasst eigene kleine Texte und kann die Dinge ganz klar auf den Punkt bringen. Das ist eine Bereicherung für mich und die Zuhörer. Nicht nur während der Veranstaltung fühle ich mich getragen, von ihm unterstützt, er pariert auch die Angriffe, die immer noch auf mich herniedergehen.

Die gemeinsam verbrachte Zeit erfreut mein Herz. Wie genieße ich es, wenn er mich mit seinem komfortablen Auto abholt, mich unterwegs zum Picknick einlädt, immer bereit ist für ein gutes Gespräch. Stundenlange Autofahrten vergehen mit Achim wie im Flug, auf Bahnreisen öffnet er oft schon nach kurzer Zeit seinen Rucksack und packt die schönsten Leckereien auf den Tisch. Es bereitet mir großen Spaß, mit Achim die verschiedenen Städte zu erkunden. Wie schön ist es, wenn wir einfach nur dasitzen ohne reden zu müssen. Unsere Zweisamkeit wird bei jedem Treffen enger, und eines Tages stellen wir fest, dass es nicht nur mehr um politische Fragen und Weltverbesserungsvorschläge geht, sondern wir uns ineinander verliebt haben.

Achim, der alte Achtundsechziger, wie er sich gern nennt, hat in vielem eine besondere Auffassung. Seine Meinung wurde geprägt in der Zeit des Aufruhrs, als der Staub der Jahrhunderte entfernt wurde, er sich neu einstellte auf fantastische Ideen, die er auch leben wollte. In sein Haus hatte er den Schweiß von zehn Jahren gesteckt, als er im Alleingang eine Ruine zu einem Schmuckstück umbaute. Anschließend durften seine Freunde davon profitieren. Er öffnete die Türen für viele, ließ Menschen bei sich auf seine Kosten wohnen. Diese Großzügigkeit schätze ich sehr an Achim. Nur an eine Seite seiner Offenheit kann ich mich nicht gewöhnen, wenn es nämlich um andere Frauen geht. Mit seiner charmanten Art weiß er das andere Geschlecht an sich zu ziehen, erregt Aufmerksamkeit und genießt seine Beliebtheit. Ich fühle mich durch sein Verhalten immer wieder verletzt. Zunächst bemühe ich mich, meine Eifersucht zu unterdrücken. Ich rede mir ein, dass ich ja gar kein Recht habe, Forderungen zu stellen. Schließlich soll die Liebe niemanden einengen, sondern sie soll die Partner gegenseitig bereichern. Das Gegenteil scheint jedoch der Fall. Da, wo vorher traute Übereinstimmung herrschte, sitzt jetzt ständig ein kleiner

Giftstachel, der mit der Zeit wächst. Eines Tages eskaliert die Situation. Zu Beginn einer Vortragsreise besuchen wir Karin, eine von meinen Freundinnen, um dort zu übernachten. Schon seit Tagen quält mich ein Zahn, der, wie ich bei Luise Hay nachlese, mit Beziehungen zu tun hat. Ich betäube den Schmerz mit Knoblauch, Nelken, Gedanken, was normalerweise gut funktioniert.

Doch diesmal versagt meine ganze Heilkunst völlig, auch meine Gedanken können mich nicht beruhigen. Jetzt flirtet Achim sogar mit Karin. Ich trete den Rückzug ins Bett an, um die Schmerzen zu besänftigen. Derweil amüsieren sich die beiden bei einem Glas Wein. Ich steigere mich dermaßen in diese negative Gedankenflut, dass ich es nicht mehr aushalte, aus dem Bett springe, die Treppen hinunter rase, mich wie Rumpelstilzchen vor die beiden stelle und verkünde, dass das Maß nun voll wäre und ich den Vortrag absagen würde, nicht weiterreisen möchte mit diesem Ungeheuer von Mann. Ich stampfe mit den Füßen, schluchze und verhalte mich wie ein Kind im Trotzalter. Noch niemals in meinem Leben gestattete ich mir einen solch ungeheuerlichen Wutausbruch. Mich dermaßen nackt zu zeigen, meine Verletzung zuzugeben, meine Ohnmacht auflösen zu wollen durch irgendeine Aktion, das habe ich mich noch nie getraut. Doch jetzt konnte ich nicht mehr so tun, als sei ich unverwundbar. Mir war es egal, was die anderen von mir dachten.

Wo ich normalerweise Vorsicht walten ließ, damit niemand meine Schwächen ausnutzen konnte, habe ich ein Muster präsentiert, das aus meiner Kindheit stammt. Wenn wir als Kind etwas tun sollen, was ganz und gar nicht in unserem Sinne liegt, wenn wir versuchen, unsere Rechte einzufordern und machtlos zusehen müssen, wie wir überrollt werden von verständnislosen Eltern, wenn wir in unserer Verzweiflung schließlich nachgeben, ohne den Wunsch zu verkneifen, später, wenn wir mal groß sind, zurückzuschlagen, dann können wir uns nur langsam wieder beruhigen. Dieses Gefühl habe ich jetzt, als ich schluchzend in mein Bett zurückeile. Die Freunde sind völlig verdattert, denn keiner von beiden hatte Absichten, die ich ihnen unterstellte. Für Achim und Karin war es einfach ein harmonischer, schöner Abend mit Gesprächen über gemeinsame Interessen. Nacheinander gesellen sich die Freunde zu mir ans Bett, um mich zu beruhigen. Karin kennt eine schriftliche Übung, die ihr selbst in so einer Situation schon geholfen hat, wieder in die Mitte zu finden. Tatsächlich gelingt mir dies nach der Bearbeitung der Fragen. Ich öffne mich für die Selbsterfahrung, weil ich merke, dass in der Beziehungsfrage noch eine große Lücke klafft. An diesem Abend komme ich einen Schritt weiter. Das merke ich am nächsten Morgen, als die Zahnschmerzen weg sind und meine Stimmung wie ausgewechselt ist. So kann die Reise weiter gehen.

Die Begebenheit hat Achim nachdenklich gemacht, und seine gesteigerte Aufmerksamkeit mir gegenüber wird belohnt. Unsere Beziehung erfährt eine tiefere Hingabe von beiden Seiten, eine Steigerung in ihren Emotionen, eine Öffnung füreinander ohne Vorbehalte, die ein paar Monate anhält. Als jedoch wieder das alte Verhalten von Achim Besitz ergreift, er kann auf den Flirt mit anderen Frauen einfach nicht verzichten, strauchele ich in das alte Schwächegefühl zurück. Wir diskutieren viel über unsere Idee des Gebens und Nehmens. Achim vertritt die Bedingungslosigkeit, das Nachdenken übers Geben und Nehmen würde doch nur wieder in die Berechnung führen. Davon sollten die Menschen wegkommen. Viel einfacher wäre das bedingungslose Sein, bei dem niemand sich Gedanken machen müsse über irgendeine Art von Abrechnung. Der Mensch verdiene einfach alles was er brauche, ohne sich anstrengen zu müssen. Ich merke, wie ich noch klarer werden muss, um meine Vision so darzustellen, dass andere sie verstehen, sich davon angesprochen fühlen. Auch ich möchte wegkommen von der Abrechnung, aber das Nachdenken, sich Auseinandersetzen mit diesen Fragen ist mir sehr wichtig. Schließlich geht es überall um eine Art von Bewusstseinserweiterung, dafür seien wir doch auf der Welt. „Bei so einem Denken wird deine Sache keinen Erfolg haben", meint Achim. „Die Menschen wollen sich nicht anstrengen. Sie wollen ihren Spaß. Je einfacher die Herangehensweise, desto größer der Erfolg!" Auch die Vorträge haben sich verändert. War zu Beginn Achim als Unterstützer eingesprungen, übernimmt er jetzt die Führung, möchte seine eigenen Erkenntnisse in den Mittelpunkt stellen. Das unterschiedliche Weltbild, das bei mir von meiner Spiritualität geprägt ist und bei ihm den politischen Ansatz in den Mittelpunkt stellt, entzweit uns mehr und mehr. An diesem Punkt wird unser Gespräch ein richtiger Streit, den wir resigniert abbrechen, weil keiner von seiner Meinung abweicht.

Ich schließe einen Pakt mit Nataha. „Wenn der Kerl mich in den nächsten drei Tagen nicht anruft, dann lasse ich los! Ich weiß, dass ich ihn niemals ändern kann. Wenn ich etwas verändern möchte, kann ich das nur bei mir tun. Und ich merke, dass es mir zu anstrengend ist, ständig gegen mein Misstrauen zu kämpfen, mich selbst verleugnen zu müssen. Meine Vorstellung von Beziehung ist einfach eine andere. Faule Kompromisse passen nicht mehr in mein Leben, und darum werde ich die Konsequenzen daraus ziehen."

Eine ganze Woche vergeht, ehe Achim sich meldet. Es gab so viel anderes zu tun, erklärt er. Für mich ist dies der Zeitpunkt eines Abschieds. Ohne Drama, ohne Vorwürfe, aber der Abschied von einer Intensität, die ich so nicht mehr weiterführen kann.

Obwohl der Verlust eine Lücke hinterlässt, die mich in früheren Zeiten gequält hätte, bin ich erstaunt darüber, dass die Trennung ohne Schmerz verläuft. Stolz bin ich darauf, mich nicht verkauft zu haben, nicht einen Augenblick abgewogen zu haben, ob ich nicht doch das eine in Kauf nehmen könne wegen der vielen Vorteile, die ich durch Achim erfahre. Stolz bin ich darauf, dass ich mir treu bleibe und den Augenblick so nehmen kann wie er sich präsentiert, auch wenn ich dabei etwas verliere. Wir sind uns nicht Feind geworden, begegnen uns wieder wie Freunde aus der Anfangszeit und tragen uns nichts nach. Auch das erfreut mich. Und ich beginne, meine Vorträge wieder allein zu übernehmen.

10 Geben und Nehmen

Die Veröffentlichung meines ersten Buches bringt viel Bewegung in mein Leben. Meine Aufgabe besteht darin, fit zu sein für die Anforderungen, die nun auf mich zukommen. Bald habe ich alle großen Fernseh-Shows abgeklappert, werde quer durch Deutschland zu Lesungen gebeten. Thüringen wird ein wichtiger Standort in den nächsten Jahren. Der Haushaltsetat dort sieht für Büchereien nicht viel vor, und so kommt es der Verantwortlichen gerade recht, dass es eine Autorin gibt, die Veranstaltungen ohne Honorarforderungen absolviert. Über mehrere Jahre, mindestens zweimal jährlich, bestreite ich mit Renate ein fein ausgearbeitetes Programm quer durch Thüringen, mit ein bis zwei Lesungen pro Tag. Renate, alleinerziehende Mutter eines pubertierenden Jungen, findet es wichtig, dass auch Kinder und Jugendliche von dem neuen Gedankengut profitieren. Immer wieder baut sie Besuche in Schulen ein. So gestalten sich die zehn Tage, für die wir meist gebucht werden, als ziemlich anstrengend, jedoch mit Tiefgang und Intensität. Um die Kosten so gering wie möglich zu halten, wohne ich mit Mutter und Sohn in deren kleiner Wohnung. Trotz gemeinsamen Einschränkungen, die hier aufeinander stoßen, gibt es Gewinn für jeden. Die Freizeit, die ich an den Tagen mit nur einer Lesung habe, fülle ich mit Haushaltsarbeiten und Kochen aus, weil Renate diese Zeit im Büro verbringt. Lars lernt im zweiten Jahr französisch und tut sich schwer mit der Aussprache, wobei ich ihm helfen kann. Wir pauken zusammen Vokabeln, die Lars am nächsten Tag freiwillig vorträgt und dafür eine Eins kassiert. Ich bin glücklich über den Familienanschluss und genieße meine Aufenthalte dort sehr. Ich empfinde die Frau, die so alt wie meine Tochter ist, als Freundin und ich freue mich über jedes Wiedersehen. Renate erzählt, wie ihre Bekannten sie gewarnt hätten. „Du kannst doch nicht eine wildfremde Frau bei dir wohnen lassen. Wer weiß, was die für Ansprüche hat. Lerne sie doch erst mal kennen." Renate amüsiert sich darüber und denkt an unsere erste Begegnung. Ich kam mit dem Zug und sollte abgeholt werden von meiner Gastgeberin. „Wir werden uns schon erkennen", hatten wir spontan beschlossen. Lustig war es, dass genau an der Tür, an der ich ausstieg, Renate mit ihrem Sohn auf einer Bank saß. Sympathisch waren wir uns von Anfang an, und Fremdheit gibt es nicht.

Ein Punkt in meiner Vision von einer neuen Welt hat genau mit diesem Thema zu tun: Wie gehen die Menschen miteinander um, wie kann ein Leben aussehen, in dem die Grenzen, die Schutzwälle, das Schubladendenken aufgelöst werden? Bei meinen vielen Umzügen in der Vergangenheit habe ich stark mit dem Thema Aufbau neuer Freundschaften zu tun gehabt. Damals entwickelte ich eine Strategie für das Finden und Kennenlernen von Menschen, die zu mir passten. Meist besorgte ich mir eine Zeitschrift, in der die unterschiedlichen Interessengemeinschaften der Stadt vorgestellt wurden und mischte mich unter die passenden, um mir ein Fundament für neue Freundschaften zu schaffen. Die Friedensbewegung, die damals überall aktuell war, zog mich besonders an, und in den Gruppen der unterschiedlichen Städte gab es immer einen Platz für mich. Der Rahmen für die Freundschaftssuche wurde sozusagen von Gleichgesinnten gebildet. Als Lehrerin hatte ich meine gesamten Freundschaften im Kollegium gefunden, nichts Außergewöhnliches damals. Auch heute beobachte ich die Homogenität der Gruppen. Es muss passen, Alte treffen Alte, Studierte bleiben unter sich, junge Leute grenzen sich ab gegen die verknöcherten über Dreißigjährigen. In meiner Kindheit hatte ich erfahren, dass die sogenannten Zugereisten keine Chance hatten, in bestehende Gruppen integriert zu werden. Wenn diese Fremden sogar mit einer anderen Hautfarbe versehen waren und aus anderen Kulturkreisen stammten, war es für sie völlig aussichtslos, aufgenommen zu werden. In meiner Vision in der neuen Welt gehören Menschen zusammen, egal aus welcher Schicht, von welchem Volk, mit welcher Bildung sie sich begegnen. Alle Menschen stammen aus einer Quelle, nämlich der göttlichen, und unter diesem Umstand ist ein anderer Umgang möglich. Nataha schaltet sich nach längerer Pause mal wieder ein, um folgende Erklärung abzugeben: „ Ihr alle seid Geschwister, die in der großen Familie einen Platz finden sollen. Jeder einzelne von euch kommt mit einer bestimmten Aufgabe hierher. Ich kann das gar nicht oft genug betonen. Denn mit dieser Überzeugung geschieht etwas in euerm Denken und dem Handeln als Folge dieser Gedanken. Ihr könnt aufhören, den anderen als Fremden einzustufen, könnt jeden Menschen, der euch begegnet als zu euch geschickt ansehen, mit dem ihr lernen sollt." „Und wie ist es mit den Verbrechern, die anderen schaden, die töten und betrügen. Sollen wir die auch annehmen wie sie sind? Die gehören doch eingesperrt zu unserem Schutz. Was sagst du dazu", frage ich herausfordernd. „Natürlich ist es verständlich, dass ihr Verbrecher nicht unter euch wissen möchtet und sie lieber wegsperrt. Aber überlege mal, wo ein Verbrechen beginnt. Wann macht sich ein Mensch schuldig gegenüber anderen? Wo sind die Grenzen? Denk mal an deine Schulung vor Jahren, als es darum ging, wach zu sein für jeden Betrug, für die kleinste Lüge. Ihr alle seid keine Unschuldslämmer. Deswegen seid ihr ja hier, bekommt Aufgaben präsentiert, könnt täglich üben, eure verankerten Muster zu erkennen und aufzulösen, rein zu werden in eurem Verhalten. Wenn ihr erkennt, dass niemand frei von Schuld ist, dass der Balken in euern eigenen Augen gesehen werden muss, damit ihr den Splitter im Auge des anderen verzeihen könnt, dann seid ihr auf dem richtigen Weg. Dann braucht ihr weder Feindbilder noch Anerkennung für euer Tun. Ihr wisst einfach, dass alles gut ist, wie es ist. Der Verbrecher ist nicht als Verbrecher geboren. Meist verstrickt er sich im Laufe seines Lebens in Muster, die er nicht allein verlassen kann. Sein Verhalten richtet sich eigentlich gegen sich selbst. Euer Strafvollzug braucht eine komplett andere Grundlage, weg von der Verurteilung, hin zu einem Hilfsprogramm, das den Gestrauchelten befähigt, sich selbst annehmen zu können und so Liebe zu erfahren und weiterzugeben. In eurem jetzigen System ist dieser Wandel nicht möglich, aber letztlich geht es überall um die Liebe für euch. Darum seid ihr hier: Liebe zu erfahren, sie weiterzugeben und die Welt dadurch zu erhellen. Die geistige Welt bemüht sich sehr, euch dabei zu unterstützen. Je wacher ihr werdet, desto leichter fallen euch die Lösungen der Aufgaben. Du hast deinen Weg schon ein Stück begangen, bist vom alten abgewichen und zeigst deine Lernbereitschaft, eine Freude für die Helfer und Unterstützer, die dich begleiten." Diese Worte machen mich nachdenklich. Zwar erkenne ich schon viele Ansätze für eine neue Welt um mich herum, aber das Alte, Zerstörerische füllt den größten Raum aus im Miteinander. Da brauche ich nur das Fernsehen einzuschalten. Überall tobt der Mob, wüten Kriege, berauben und zerstören sich die Menschen gegenseitig, sei es in den Nachrichten oder in den anschließenden Filmen. Das Abendprogramm ist voll davon. Und wenn ich, um Entspannung zu finden, auf einen Tierfilm umschalte, werde ich auch hier mit Aggressionen, Abgrenzungen und Streit konfrontiert.

Mir fällt mein Vater ein, der in Diskussionen um die ideellen Werte eine Position einnahm, die mich als Jugendliche auf die Palme brachte. Sollte er Recht gehabt haben mit der Aussage: „Der Mensch ist egoistisch. Da kannst du gar nichts machen. Guck dich doch mal in der Natur um. Da findest du genau das, was die Menschen auch tun. Bei den Tieren siegt der Stärkere. Punkt. Warum soll das bei den Menschen anders sein? Du wirst es nicht erleben, dass sich etwas in der Welt verändert. Kriege hat es immer gegeben und wird es auch weiterhin geben." Zornig wurde ich damals und motiviert. Ich wollte unbedingt erkennen, woran das Verhalten der Menschheit ausgerichtet war, wer die Spielregeln erfand und den anderen überstülpte. Meine Berufsausbildungen hatten mich selbst immer ein Stück weiter-gebracht. Doch meine Umwelt blieb so, wie ich sie von klein auf kannte. Dennoch spürte ich, wie wichtig es war, die Erfahrungen, die ich im Alltag machte, in Erkenntnisse umzuwandeln. Nur so konnte ich herausfinden, wo die Stolpersteine, die Hindernisse im Umgang waren. Schritt für Schritt arbeitete ich mich heraus aus den Irrungen und Wirrungen, spürte deutlich eine Veränderung mit den anderen und freute mich nun über die Lernsituationen, wie die mit Renate, der ganz fremden, jungen Frau, die mir vom ersten Augenblick an freundschaftliche Gefühle entgegenbringen kann. Ebenso wie Thomas, den ich durch Zufall begegne. In einer großen Stadt, in der ich für eine Lesung eingeladen werde, habe ich mich zwischen der Stadtbesichtigung auf eine Parkbank gesetzt, ein Buch herausgeholt und es mir gemütlich gemacht. Vertieft in meine Lektüre, vernehme ich dennoch eine an mich gerichtete Frage. „Darf ich Sie mal ganz kurz stören", höre ich neben mir und blicke in das Gesicht eines bildschönen, sehr jungen Mannes, der einen Stift und ein Papier in Händen hält. „Wir machen eine Umfrage zum Thema Tierschutz. Um Ihnen meine Fragen zu stellen, brauche ich als erstes die Postleitzahl des Ortes, in dem Sie wohnen", teilt er mir mit. „Oh, da muss ich passen. Eine Postleitzahl gibt es nicht. Ich bin sozusagen obdachlos", erwidere ich. „So sehen Sie gar nicht aus. Wie kommt das? Was ist passiert in Ihrem Leben?", erkundigt er sich besorgt. Ich gebe bereitwillig Auskunft über meine Beweggründe und all das, worüber ich in meinen Vorträgen berichte. Thomas Augen werden immer größer. Er setzt sich neben mich auf die Bank und kann gar nicht genug bekommen von meinen Erzählungen. Auch er berichtet über sein Leben, und ich erkenne einen Gleichgesinnten, der auf der Suche nach dem Lebenssinn ist. Um sich finanziell über Wasser zu halten, verrichtet er kleine Jobs, die ihm angeboten werden. Für dieses Institut geht er gern auf die Straße, weil ihm die Umfragen sinnvoll erscheinen. Daneben arbeitet er als Model für Zeitschriften und Fernsehen. Aber im Grunde seines Herzens möchte er etwas ganz anderes leben. Deutlich spürt er das Verkehrte an der jetzigen Welt und ist fasziniert von meinem Ansatz. Wir beide schwärmen von der neuen Welt. Als er sich verabschiedet, um seine Arbeit zu verrichten, lädt er mich für den nächsten Abend zu einem Essen in seine Wohngemeinschaft ein. Leider kann ich das nicht wahrnehmen aufgrund meiner Arbeit, denn meine Reise geht weiter in die nächste Stadt, zum nächsten Vortrag.

Nachdenklich hat mich diese Begegnung gemacht. Und immer noch bin ich mit Thomas in Kontakt, zwar nur sporadisch, aber er zählt wie so viele andere zu einem Freundeskreis, der sich allmählich abzeichnet. Diese vielen Begegnungen – fast täglich gibt es neue – prägen mein Sein. Inzwischen verliere ich jede Art von Fremdeln, empfinde in jedem Menschen einen potentiellen Freund. Sie öffnen ihre Türen und ihre Herzen für mich. So brauche ich nicht zu fürchten, einmal unter den Brücken schlafen zu müssen, weil ich kein eigenes Dach über dem Kopf habe.

Eine meiner wichtigsten Freundschaften gehe ich mit einer jungen Frau ein, die mich nach einer Gesprächsrunde im kleinen Kreis spontan zum Essen bei sich zu Hause einlädt. Da Violetta über eine sehr große

Wohnung mit Gästezimmern verfügt und ihre Gespräche von Anfang an intensiv und interessant sind, bleibe ich zunächst für ein paar Tage. Später besuche ich Violetta oftmals, um mich in der unkomplizierten Art, die wir beide miteinander eingehen, einfach nur zu erholen. Wir fachsimpeln mit Begeisterung über die neue Welt, übereinstimmen in unseren Ansichten und wachsen miteinander. Es ist nicht der Altersunterschied, der mich forsch auftreten lässt, eher die Erkenntnis, dass Violetta sich festgefahren fühlt und im Moment nicht weiß, wie es in ihrem Leben weitergehen soll. Die viel zu große Wohnung belastet ihren Etat. Sie möchte sich verändern, hat aber keine Ahnung, wie das geschehen soll, hält fest am Alten. Violetta lebt im Überfluss, hat von allem zu viel und versorgt mich mit Haarshampoo, Gesichtscreme, Zahnpasta. Auch im Kleiderschrank findet sich einiges, was sie mir geben möchte. Obwohl ich vom Überfluss der Freundin profitiere, entwickele ich mit ihr das Prinzip des Loslassens. Loslassen will geübt sein, und manche Menschen haben große Probleme damit. So stehen bald drei Kisten im Raum, die für eine Abstufung des Hergebens dienen. In die erste Kiste wandert alles, was auf jeden Fall sofort weg kann, in die zweite kommt das, was nicht ganz klar ist und in die dritte, was schon lange nicht mehr gebraucht wurde, von dem sie sich jedoch nicht trennen mag. Diese Übung mache ich mit vielen Menschen, die mich um meine Leichtigkeit beneiden und selbst zu viel Ballast herumschleppen. Am Abend wird der Inhalt der ersten Kiste entsorgt, entweder in einen Second-Hand-Laden oder in einen Container. Auf jeden Fall wird die Kiste geleert, damit am nächsten Tag eventuell einiges aus der zweiten oder dritten Kiste in die erste wandern kann. Hierbei geht es auch wieder um einen Bewusstseinsprozess, um eine Auseinandersetzung mit dem eigenen Verhalten. Am Ende dieser Übung wird die Kiste am Wohnungseingang oder vor der Haustür aufgestellt, so dass Besucher und Freunde sich bedienen dürfen. In vielen Häusern stehen sie inzwischen, und man findet das eine oder andere Gastgeschenk in ihnen.

Violetta zieht bald in eine viel kleinere Wohnung, die ihren Bedürfnissen besser entspricht, die jedoch auch noch Platz auf der Couch für Übernachtungsgäste aufweist. Durch Violettas Gaben wird es leichter für mich, immer wieder werde ich überrascht mit genau den Dingen, die mir gerade fehlen, eine große Freude für Geberin und Empfangende. Niemals fühle ich mich als Bettlerin oder Beschenkte, die eine Gegenleistung zu erbringen hat. Hier kann ich einfach annehmen ohne schlechtes Gefühl und bekomme mehr und mehr eine Vorstellung von der neuen Welt, von dem bedingungslosen Teilen, was mich sehr glücklich macht. In meiner Vision spielt ja auch das eine große Rolle: Wie werden die Gaben hin und her geschoben ohne Vorbehalte, ohne Vorhaltungen oder Erwartungen? Wie leicht fallen die Menschen zurück ins Alte oder in neue Abhängigkeiten!

Ich bin längst nicht immer frei von diesen einschränkenden belastenden Gefühlen, wenn ich ein Geschenk erhalte. Das hat natürlich mit den Schenkenden zu tun, die manchmal ihre Großmut hervorkehren. Hier in dieser Freundschaft ist es von Anfang an anders. Im Gespräch entwickeln wir beide die Vorstellung, dass wir uns, ohne darüber nachzudenken, gegenseitig beschenken. Die Wertschätzung füreinander trägt uns in ein anderes Verhalten hinein. Violetta fühlt sich von mir unterstützt in ihrer geistigen Entwicklung, empfindet sich gestärkt und angenommen mit ihren eigenen Fähigkeiten, die sie mehr und mehr entfalten kann. Allmählich entdeckt die junge Frau, was sie der Welt zu geben hat, und kann das Muster aus ihrer Kindheit aufgeben, das ihr, der jüngsten von vier Kindern, zu schaffen gemacht hatte. Alles macht Sinn, auch die Geschwisterfolge, wie Karl König in seinem Buch erklärt. Das jüngste Kind hat es häufig sehr schwer, gegen die Übermacht der Älteren anzukommen, und ist als erwachsener Mensch nicht unbedingt sehr selbstbewusst. Gleichzeitig hat es gute Überlebensmechanismen entwickelt, die nur noch aufgedeckt werden müssen. Bei Violetta ist das geschehen, und von Tag zu Tag wächst sie mehr über sich hinaus.

11 Gesehen werden

Nach der Veröffentlichung meines ersten Buches werde ich in die unterschiedlichsten Talkshows im Fernsehen eingeladen. Ich nehme diese Einladungen an, weil ich einen guten Weg sehe, meine Ideen zu verbreiten. Doch das Lampenfieber und die Angst vor einer Blamage bekomme ich nicht in den Griff, so dass die Fernsehauftritte ziemlich unangenehm sind. Einmal sitze ich mit sieben anderen Kandidaten in der Runde und erlebe, wie so oft, Anschuldigungen auf mein unvernünftiges Verhalten. „Wenn das alle so machen würden" und die anderen bekannten Vorwürfe prasseln wieder einmal auf mich herab, als sich die Psychologin einschaltet, die in solchen Sendungen gern dazu geladen wird, um auszugleichen, zu beschwichtigen und Verständnis zu erwecken. Sie berichtet von der jungen Frau aus Amerika, die zwei Jahre lang auf einem Baum gelebt hat und darüber ein Buch schrieb, mit dem sie auch gerade durch die Talkshows zieht. „Niemand würde auf die Idee kommen, auf den nächsten Baum zu steigen, um dort den Alltag zu verbringen! Diese junge Frau hat ein Exempel statuiert, um aufmerksam zu machen auf etwas, was in ihren Augen ungemein wichtig ist. Die Abholzung der uralten Bäume, nur um damit Geld zu machen, ist für sie ein Verbrechen. Ihre einzige Chance, dagegen an zu gehen, diesen einen Baum zu retten, bestand darin, auf ihm zu wohnen und damit Aufmerksamkeit zu erlangen für das wichtige Thema. Ich glaube, so ähnlich ist es in diesem Fall auch. Sicherlich sollen Sie jetzt nicht alle das Geld ad acta legen. Das würde gar keinen Sinn machen, aber nachdenken, aufmerken, das sollten wir alle, und so macht dieses Experiment Sinn." Die Unterstützung tut gut und ich knüpfe an diese Worte an: „In der Welt ist so vieles aus der Kontrolle geraten. Unser Geldsystem gehört dazu. Jetzt haben wir noch eine Chance, selbst die Fäden zu ziehen. Oder sollen wir erst abwarten, bis die Ausgebeuteten, die Benachteiligten auf die Barrikaden gehen, sich wehren gegen die Ungerechtigkeiten und um sich schlagen, um auch an ein Tortenstück zu gelangen? Oder sollen wir erst eingreifen, wenn es kein Trinkwasser, kein Ackerland mehr gibt? Die Indianer haben schon im letzten Jahrhundert vor dieser Entwicklung gewarnt. Ich möchte das jetzige System nicht mehr unterstützen, möchte mit meiner Art zu leben aufzeigen, dass wir ganz anders leben könnten. Ich glaube sogar an die Abschaffung des Geldes, glaube, dass die Menschen in der Lage sind, ohne gegenseitige Kontrolle auszukommen" schließe ich mein Plädoyer.

Nach dieser Sendung gibt es mehr Mails und Anrufe als sonst: Die Hauptfrage „Wie kann das denn gehen?" bleibt bestehen und zwingt mich zur Antwortsuche. Die meisten Fragenden möchten an die Hand genommen werden, sich anschließen an das schon Bestehende. „Wo kann ich hinkommen, um mitzumachen?" wird immer wieder gefragt, und ich tu mich schwer, eine passende Antwort zu geben. Mir geht es darum, dass jeder Mensch in seinem Ort etwas bewegt, dass jede Verantwortung dort übernimmt, wo sie sich befindet, weil nur auf diese Art eine Bewegung entstehen kann. Die Menschen sind es jedoch gewohnt, sich anzuschließen, dazu zu stoßen. Lange brauche ich, um zu erkennen, dass ich dieses Prinzip nicht bedienen kann. Die vielen Fehlschläge müssen ja eine Bedeutung haben!

12 Erfahrungen im Miteinander

Angela, eine Künstlerin, hat von der wunderbaren Gib-und-Nimm-Idee gelesen und möchte sie ausprobieren. Sie braucht Unabhängigkeit, Freiheit für ihre Entfaltung und nicht die Gängelung, die sie bei ihrer Mutter erfährt, bei der sie gerade wohnt. Angela lebt nicht ganz ohne Geld, verfügt über etwas Angespartes und setzt sich damit in den Zug, der sie in ihr neues Leben tragen soll. Ihre Gastgeberin, die sich über den Besuch freut, holt sie vom Bahnhof ab und nimmt sie zunächst großzügig in ihrem Haus auf. Aber schon nach ein paar Tagen gibt es die ersten Spannungen. Angela entspricht nicht den Vorstellungen von Gisela, die ihre Ungeduld kaum zügeln kann, wenn sie ihren Gast bei der Arbeit beobachtet, die für ein Wohnen in ihrem Haus verrichtet werden muss. Zwar handelt es sich nur um eine Stunde pro Tag, aber die sollte auch zügig und flott durchgezogen werden. Angela trödelt herum, lässt sich zu lange Zeit mit allem, und Gisela spürt, wie sich ihre Ungeduld in Wut verwandelt. Sie bleibt in diesem altbekannten Gefühl stecken und meldet sich bei mir, um mitzuteilen, dass sie so ein Verhalten ganz und gar nicht ertragen könne. Die Situation spitzt sich zu, und Angela muss das Haus verlassen, um im nächsten ihr Glück zu versuchen, was ihr allerdings auch nicht gelingt.

Auch zwischen Hans und Susanne kriselt es und endet in einer unschönen Situation. Hans, der sich von seiner Lebensgefährtin getrennt hat, bittet bei Susanne um Asyl, weil sie das schöne große Haus auch für Gäste zur Verfügung stellt. Hans, der sich nicht lumpen lassen will, beginnt, sich einzubringen. Er sieht, was zu tun ist und begibt sich ans Werk. Er repariert hier, schraubt dort, verwandelt nach seinem Geschmack zu Susannes Entsetzen, die am Abend nach getaner Arbeit das Unheil entdeckt. So ginge es nicht, teilt sie ihm mit. Es sei nicht sein Haus, und er hätte sich schon anzupassen an ihren Geschmack. Hans, der mit der Unterordnung große Probleme hat, versteht Susannes Unwillen nicht. Schließlich meine er es nur gut und tue eine Menge für sie. „Ja, aber das Falsche. Ich sage dir doch genau, wie ich es haben möchte, und du gehst einfach drüber weg. So geht das keineswegs", beschwert sie sich. Die beiden kämpfen noch eine Weile miteinander und müssen dann auseinandergehen. Hier zeigt sich deutlich die Diskrepanz zwischen Besitzerin und Eindringling, der sich gefälligst anzupassen habe, ein Hauptthema im Umgang mit dieser Idee. In einem Haus kommt es fast zu Handgreiflichkeiten, weil die eine nicht so will wie die andere.

„Ist der Schritt zu groß?" frage ich mich, da ich ja angeboten hatte, Streit zu schlichten, wenn es nötig sein sollte. Was sich in den meisten Situationen als unmöglich herausstellte, weil schon alles den Bach hinuntergegangen war. Wie ist es bei mir selbst? Warum und wie ertrage ich meine Gastgeber? Bin ich von Natur aus toleranter? Wie halte ich es aus, in Häusern zu sein, die ganz und gar nicht meinem Geschmack entsprechen? Auch hier spielen die Muster aus der Kindheit eine große Rolle. Ich habe als Kind gelernt, mich anzupassen, mich unterzuordnen, leise zu sein, um nicht aufzufallen. All das kommt mir nun zugute. Auf der anderen Seite bin ich eine erwachsene Frau, die ihr eigenes Temperament entwickelt hat und dieses natürlich auch leben möchte.

Lange vor der zündenden Idee gab es mehrere Übungsmöglichkeiten. Eine Freundin bot mir, der Großstädterin, an, bei ihr auf dem Land den Staub und Schmutz der Stadt abzuschütteln und ein paar Tage Kraft zu tanken. Gern nahm ich dieses in Anspruch, ohne zu ahnen, welche Belastung auf meine Nerven zukommen sollte. Kaum zu ertragen war die Unzufriedenheit und Unruhe der Freundin gewesen, und manchmal gelang es mir nicht, den Ausgleich hierfür in der Natur zu finden. Dann reiste ich früher ab als geplant, kehrte jedoch immer wieder zurück. Ein Scheitern wollte ich nicht hinnehmen, probierte bei jedem Besuch etwas Neues aus, und irgendwann war ich toleranter geworden, konnte die Freundin nehmen, wie sie sich zeigte. In unseren Gesprächen hatten wir einiges geklärt. Ich selbst hatte den Spiegel erkannt, der mir von der Freundin vorgehalten wurde, denn mit Unzufriedenheit und innerer Unruhe hatte auch ich stark zu tun gehabt. Erst als ich dieses bei mir selbst akzeptieren kann, gelingt mir auch die Annahme dieser Eigenschaften, die durch die Freundin präsentiert wurden.

Trotz der Fortschritte, die ich in Bezug auf Toleranz mache, bin ich nicht sicher, ob tatsächlich jeder Mensch diese Fähigkeit besitzt. Darum befrage ich Nataha, die mir folgende Antwort gibt: „Auf der Erde passiert gerade etwas Wunderbares. Immer mehr Menschen erkennen das Potential in sich. Sie wachsen über sich hinaus und bewirken so eine Menge in ihrer Umgebung. Um sie herum grünt und blüht es im geistigen Sinne. Manche sind erstaunt darüber und beglückt, dass sie anstecken können und andere mitziehen in ihrem Überschwang. Die Gegenseite hält jedoch auch nicht still. Durch die negative Berichterstattung der Medien erscheint es nun so, als seien die Bösen, Unbequemen in der Überzahl. Und das schürt noch einmal die zerstörerischen Ängste. Aus Angst handeln viele abwehrend und intolerant. Am liebsten würden sie alles so halten wie es immer schon war, nichts Neues zulassen, weder von der einen noch der anderen Seite. Und so ziehen sie alle Register gegen jegliche Erneuerung, bleiben stecken in ihrer Abwehr und halten ihre eigenen Ansichten für die wahren. Um die Polaritäten aufzulösen, geht es jedoch darum, die Kämpfe abzustellen und das, was ist, anzunehmen. Der Augenblick zählt, mehr nicht. Je mehr Menschen von dieser Weisheit Gebrauch machen, desto besser. Die Aufgewachten unter euch brauchen nur die Stellung zu halten, ihre Gedanken zu leben und auszuweiten, sich nicht von der Angst anstecken zu lassen. Auf diese Art schafft ihr eine Basis für die neue Welt. Es braucht keine Kämpfe, nur das Vorbild, damit bewirkt ihr Wunder. Und das ist so wunderbar."

Die Wunder im Alltag sind inzwischen fester Bestandteil in meinem Leben. Auf die Frage der Interviewer: „Und wie kommen Sie an die Dinge, die Sie im täglichen Leben brauchen? Ist das nicht furchtbar anstrengend und umständlich?" würde ich am liebsten über die Hilfe aus dem Kosmos berichten. Zu Anfang tue ich das auch, bemerke jedoch die Ungläubigkeit auf der anderen Seite und beginne über verständlichere Erklärungen nachzudenken, die ich dann so formuliere, dass die anderen sie nachvollziehen können. In die Schublade ‚abgehobene Spinnerin‘ oder ‚Esoterikerin‘ möchte ich nämlich nicht gesteckt werden. Manchmal wage ich mich dennoch in die höhere Sphäre, berichte über die Unterstützung aus der himmlischen Welt und freue mich über Gleichgesinnte. Eine von ihnen ist Violetta, die mich häufig aufgeregt anruft, um mir zu berichten, was ihr schon wieder an wunderbaren Geschenken zugefallen ist. „Stell dir vor", sprudelt es aus ihr „heute habe ich genau das empfangen, was ich mir schon vor einiger Zeit gewünscht hatte. Du weißt ja, wie sehr ich die neue Wohnung brauchte. In einer Gruppe beschrieb ich genau, wie ich mir mein neues Domizil vorstellte. Ich schilderte Größe, Lage und Preisvorstellung, und – o Wunder - ein Mann war dabei, der seelenruhig erklärte, genauso eine Wohnung hätte er gerade anzubieten. Ich könne mit ihm kommen, um mich an Ort und Stelle davon zu überzeugen. Und tatsächlich entspricht alles genau meinen Vorstellungen. Ich bin doch immer wieder fasziniert von den Gaben, die mich überschütten." „Ja, das kenne ich", antworte ich, selig, nun mein neuestes Abenteuer mitteilen zu können. „Auch ich habe gerade wieder ein Riesengeschenk empfangen. Du weißt ja, wie gern ich meine Erkenntnisse in die weite Welt tragen möchte. Ich habe mir Gedanken darüber gemacht, wie das funktionieren könnte. Und was geschieht? Mein Buch wird ins Spanische übersetzt, und ich habe eine Einladung nach Spanien. Ist das nicht großartig? Schon in zwei Monaten werde ich diese Reise antreten. Flugtickets kann ich mir am Schalter abholen. Alles wird für mich geregelt. Das schönste daran ist, dass sie sich so freuen, mich als Gast zu haben!" Wir Freundinnen bestärken uns gegenseitig in unserer Freude, schwärmen davon, wie das Leben fließt, wenn erst einmal das Vertrauen von uns Besitz ergriffen hat. „Statt von Wundern könnten wir natürlich auch von Ursache und Wirkung sprechen" stellt Violetta zur Diskussion. „Denn wenn wir selbst ganz klar sind in unserer Überlegung, geschehen die Dinge einfach. Ich mache es so, dass ich mir genau überlege, was ich gern hätte. Manchmal schreibe ich es mir auf, betrachte es von allen Seiten, verwerfe etwas, berichtige und bin irgendwann ganz klar. In dem Augenblick sage ich ‚dein Wille geschehe' und lasse los. Manchmal vergeht einige Zeit, ohne dass etwas geschieht und ich vergesse schon mal, was ich mir da gewünscht habe. Aber jedes Mal, wenn es sich erfüllt, bin ich sprachlos und überwältigt, weil es genauso kommt, wie ich es mir vorgestellt habe oder sogar noch besser. Was ich schon für Wunder erlebt habe, ist ganz unglaublich. Erinnerst du dich an meine geschenkten Autoreifen? Schon einige Zeit lang brauchte ich unbedingt neue Winterreifen. Eigentlich durfte ich keinen Tag länger mit den alten fahren, weil das Profil völlig verbraucht war. Was sollte ich tun? Über Geld für diese Reifen verfügte ich nicht, und so machte ich es wie üblich, verband mich mit dem Kosmos und wies diesmal auf die Dringlichkeit meines Anliegens hin. Stell dir vor, am selben Tag schon wurde mein Wunsch erhört, und zwar auf kuriose Weise. Am Abend hatte ich eine Gruppenversammlung und berichtete einer Freundin von meinen Sorgen. Das schien eine Frau mitbekommen zu haben, die an diesem Abend das erste Mal in der Gruppe war. Sie kam auf mich zu und bot mir an, mir die Reifen zu schenken. Du kannst dir vorstellen, wie erstaunt ich war. Sie erklärte mir dann, dass sie an diesem Tag eine unerwartet hohe Steuerrückzahlung erhalten und sich überlegt hätte, etwas davon an jemanden abzugeben, der es gut gebrauchen könne. Du scheinst so jemand zu sein, sagte sie zu mir und ließ sich nicht von ihrer Idee abbringen.

Vor ein paar Tagen, als ich noch überlegte, wo ich die 300 Euro für den Kurs her bekommen könne, den ich noch für meine Ausbildung brauche, klingelt mein Telefon und Uwe meldet sich: Ich möchte dir vorschlagen, dass du schon am Wochenende kommst und mit mir und meiner Frau ein paar Sitzungen machst, die uns so gut tun. Ich habe gedacht, dafür zahle ich dir 300 Euro. Von solchen Geschichten gibt es eine Menge, und durch sie wachse ich in immer größeres Vertrauen hinein. Was ich wirklich brauche, bekomme ich auf die unterschiedlichste Weise. Und ich bin dafür überaus dankbar." Violetta ist genauso begeistert von den erfüllten Wünschen wie ich.

13 Meine Reisen nach Spanien

Die erste Reise nach Spanien ist ein großer Erfolg. Ich werde mit einer Gastfreundschaft konfrontiert, von der ich bislang nur andere Menschen habe erzählen hören. Nun komme ich selbst in den Genuss. Untergebracht bin ich bei einem Ehepaar in meinem Alter, das sich die größte Mühe gibt, mich zu verwöhnen. Pedro, ein feinfühliger Mann, der mir im Laufe des zehntägigen Aufenthaltes zwei wunderbare Fußmassagen gibt, Manuela, die gute Köchin, die mich mit ausgewählter Kost verwöhnt. Am Abend spielen wir Spiele wie Domino oder Kniffel. Wir lachen viel und mein Spanisch wird von Tag zu Tag flüssiger, so dass ich am Ende meiner Reise wieder einen kompletten Vortrag auf Spanisch halten kann. Tagsüber kommen junge Leute, um mich abzuholen in andere Städte, in unterschiedliche Gruppen. Ich werde herumgereicht und mit allergrößtem Respekt behandelt. Auch die Presse ist interessiert. Fernsehteams stellen sich ein, Interviews werden eingeholt, Radiosendungen, alles wie gehabt, nur diesmal in einer anderen Sprache und einem anderen Land. Ich fühle mich besonders hofiert und kann mich über die Aufmerksamkeit der anderen freuen. Wie anders empfinde ich dieses Entgegenkommen in einem Land, in dem Geld eine noch größere Rolle spielt als in meinem Heimatland. Ist es die Exotin, die besondere Aufmerksamkeit erwirbt oder sind die Menschen hier einfach zuvorkommender, höflicher?

Auch bei der zweiten Reise nach Spanien, bei der ich überwiegend in Hotels untergebracht werde, erlebe ich diese Wertschätzung, genieße die legendäre Gastfreundschaft und nehme mir vor, davon zu lernen. Bei dieser zweiten Reise halte ich täglich einen Vortrag in unterschiedlichen Städten. Alles ist so organisiert, dass mich morgens jemand zu einem Bus bringt, der mich in eine andere Stadt mitnimmt. Nach ein paar Stunden erreiche ich das Ziel und werde dort von jemandem abgeholt, der mich entweder in ein Hotel bringt oder mich zu sich nach Hause einlädt. Alles ist gut organisiert, und schon bald höre ich auf, Verantwortung für mich selbst zu übernehmen. Ich lasse mich bringen, abholen, mache mir nicht einmal mehr die Mühe, auf der Landkarte zu verfolgen, wo ich mich befinde. Alles klappt wie am Schnürchen und lullt mich gewissermaßen ein, bis ich eines Tages zum Aufwachen gezwungen werde.

Wieder einmal werde ich in einen Bus gesetzt, mache es mir gemütlich, genieße die Landschaft, die an mir vorüberzieht, die gedämpften Gespräche der Mitreisenden, das gleichmäßige Rattern des Motors, die Urlaubsstimmung, die sich bei solchen Reisen meist von selbst einstellt. Am Zielbahnhof nehme ich meinen Koffer entgegen und schaue mich nach der Frau um, die mich in diesem Ort abholen soll. Meist weiß ich sofort, um wen es sich handelt. Diesmal ist es anders, denn als alle Reisenden verschwunden sind, bleibe ich allein übrig. Niemand fragt nach mir, hält Ausschau oder kommt außer Atem, sich entschuldigend für die Verspätung, auf mich zu. Nein, ich steh da, mir selbst überlassen, ohne einen Cent in der Tasche, ohne eine Adresse oder eine Ahnung, an wen ich mich wenden könnte. Panik überfällt mich, die Fremde, Geldlose. Mein Herz schlägt schneller, ich drehe mich im Kreis, suchend, überlegend, was jetzt zu tun sei. Alle möglichen Ängste stellen sich ein. Was, wenn sie mich vergessen haben, wenn es einen anderen Treffpunkt gibt, den ich niemals finden werde? Was, wenn hier niemand vorbei kommt, um mich doch noch abzuholen? Das habe ich nun davon, dass ich mich so sehr auf andere verlasse. Das habe ich davon, dass ich das Mitdenken einfach abgelegt habe. Zum ersten Mal erkenne ich, wie sehr ich mich habe gehenlassen, wie wenig eigene Initiative in den letzten Tagen in mir steckte. So schnell kann das gehen. Ich habe mich in die Hände der anderen begeben, ohne mitzudenken. Das werde ich ändern, wenn ich aus dieser Situation herauskomme. Ich setze mich auf eine Bank, um über meine nächsten Schritte nachzudenken. Nataha weist mich auf die Lektion hin, die mir durch diese Situation zuteilwird. „Du brauchtest das jetzt, denn deine kindliche Herangehensweise wurde immer absurder. Du hast im Grunde genau das gemacht, was unter dem Motto ‚Brot und Spiele‘ vielen Menschen geschieht. Eingelullt und fremdbestimmt ziehen sie ihre Bahnen, denken nicht nach über Änderungen oder Selbstbestimmung. Alles läuft doch gut. Ich habe genug zu essen und Unterhaltung gibt's am laufenden Band. Da muss ich mir keine Sorgen machen. Erinnerst du dich, dass du diese Haltung ablehnst, wie du den Menschen die Augen öffnen möchtest mit deinem provokanten Lebensstil? Und jetzt bist du selbst da hinein gefallen. So schnell kann das gehen! Aber durch diese Lektion kannst du andere noch besser verstehen, musst sie nicht ablehnen. Jetzt geht es darum, dass dir etwas einfällt, wie du eigene Schritte machen kannst, um dich aus dieser Situation zu befreien." Nataha lässt mich allein, damit ich meinen eigenen Weg gehen kann. Da ich noch nicht über ein Handy verfüge, entschließe ich mich, zur Polizei zu gehen. Von hier aus könnte ich bei der alten Adresse anrufen, um wenigstens den Namen des Hotels herauszufinden. Vielleicht kann ich von da aus noch andere Telefonate führen, denke ich gerade, als ich von einer jungen Frau angesprochen werde. Wie sich herausstellt, ist dies die erwartete Abholerin. Ihre Information über die Ankunft des Busses weist eine Verschiebung von beinahe zwei Stunden auf, genau die Zeit, die ich brauchte, um meine Eigenverantwortung zurückzugewinnen, um mir Klarheit zu verschaffen und zu erkennen, dass das vorgegebene Programm das eine ist, meine eigenen Interessen das andere. Und so lasse ich mir von der jungen Frau die Umgebung zeigen. Ich stelle fest, dass in unmittelbarer Nähe der Jakobsweg zu finden ist und bitte meine Gastgeberin, mich in einer freien Stunde dorthin zu begleiten. Es stellt sich ziemlich bald ein anderes Reisegefühl ein. Ich bin wieder ich selbst, wach und aufmerksam für den Augenblick. Als ich in den nächsten Tagen dann in einem Bus sitze, weiß ich genau, wo die Reise hingeht. Ich kenne den Namen des Abholers, den Namen des Hotels und welche Gruppe ich diesmal kennenlernen soll.

Alles macht Sinn, auch die unangenehmen Situationen im Leben, oder gerade die. Denn meistens werden wir aufgeschreckt, kommen ins Nachdenken, wenn es nicht mehr so läuft wie normal.

14 Selbstzweifel

Die Einladungen häufen sich, und die Türen öffnen sich für mich. Pia, eine Psychotherapeutin mit eigener Praxis in einer kleinen Stadt, lädt mich zu einem Vortrag und anschließender Übernachtung in ihrer Wohnung ein. Ich stoße mich etwas daran, dass die Besucher Eintritt zahlen müssen, um sich darüber zu informieren, wie ein Leben ohne Geld geht. Ich und auch die Zahlenden bemängeln den Widerspruch, der jedoch verständlich ist, weil Pia nicht ohne Geld lebt und unter anderem für meine Fahrkarte, für das Frühstück und anderes aufkommen muss. Wie üblich beginne ich meinen Vortrag ohne besonderes Konzept. Ich spreche das aus, was gerade in mir ist. Obwohl sich meine Geschichten aneinanderreihen, es den einen oder anderen Lacher dabei gibt, spüre ich eine leichte Verstimmung im Publikum. Besonders eine Frau erregt sich und verlangt nach einer Pause, die sie dann wahrnimmt für ihren Rückzug aus dieser Veranstaltung. Bevor sie das Terrain verlässt, beschwert sie sich lautstark bei der Gastgeberin über den laienhaften Vortrag, den sie als Wissenschaftlerin kaum ertragen könne. Für ihr Geld hätte sie schon etwas mehr Professionalität erwartet.

Nach der Pause versuche ich meine Verunsicherung nicht anmerken zu lassen, ziehe jedoch für mich die Konsequenz daraus, in Zukunft mit den Gastgebern abzusprechen, dass meine Vorträge unentgeltlich sind. Ein Spendentopf am Ausgang, in den freiwillig etwas gezahlt werden kann, ist das höchste der Gefühle. Meistens erkundige ich mich nach der Zahlungsfähigkeit der Einladenden und gehe dazu über, auch schon mal selbst die Fahrtkosten für mich zu übernehmen. Das Geld dafür kommt aus dem Topf, den ich eingerichtet habe für Menschen, denen ich bei der Finanzierung des Alltags behilflich bin.

Pia wird eine sehr gute Freundin, die mir Großzügigkeit und Freundlichkeit entgegenbringt. Ihre schöne Wohnung spielt bald eine besondere Rolle in meinem Leben, da ich oft und gerne hier einkehre, obwohl ich lange mit der Kritik der Wissenschaftlerin zu tun habe und durch meine Besuche immer wieder an diesen Vorfall erinnert werde. Ich lasse mich von Pia nur teilweise beruhigen, die den Vortrag so nehmen konnte wie er war. Kritik anzunehmen, will gelernt sein, denke ich, und spreche darüber mit meiner neuen Freundin. Pia hält auch Vorträge über ein eigenes Thema, bereitet sich konsequent darauf vor und erhält viel Anerkennung dafür. Wir beiden Frauen haben in vielem eine ganz andere Herangehensweise, und ich lerne, zu mir zu stehen. Wie ein roter Faden zieht sich das Spontane durch mein Leben. Ich möchte mich bewusst nicht vorbereiten, möchte entwickeln, was gerade in mir ist und ecke manchmal damit an, weil ich nicht über die Schlagfertigkeit verfüge, die dazu gehört. „Wenn du ernst genommen werden willst, musst du dich auch auf unangenehme Fragen vorbereiten. Souveränität ist oberstes Gesetz bei öffentlichen Auftritten", höre ich oft von meinen Freunden. Als ich mich einmal als Philosophin bezeichne, die mehr Schwerpunkt auf ihre Philosophie legen möchte, wird mir von einem Freund mitgeteilt, dass ich diese Kompetenz ganz und gar nicht besäße. Ich fühle mich verkannt, beurteilt und nicht gesehen. Höhepunkt ist die Konfrontation mit einem Interview, das ich für eine Studentin auf Band gesprochen hatte und es dann wortgetreu in der Hausarbeit der Studentin lesen darf. Nicht ein Satz ist zu Ende gesprochen, viele Neuanfänge gibt es und das Ganze ist absolut nicht im

Fluss, es liest sich wie eine Katastrophe. Ich kann nicht fassen, dass ich mich auf diese Weise artikuliere. Hier gibt es niemand Fremdes, der mich verletzt, sondern ich selbst bescheinige mir eine Unfähigkeit, die mir gar nicht gefällt. Eine Konsequenz wäre, die Vorträge und Interviews abzusagen, sich nicht mehr auszuliefern. Aber die Vorträge gehören zu mir. Ich bin eine Geschichtenerzählerin und kann auf wunderbare Weise meine Zuhörer in den Bann ziehen, allerdings nur, wenn ich ganz bei mir bin und den Erzählfluss in mir zur Entfaltung bringe. Nataha erklärt: „Ihr lebt in einer Gesellschaft, in der alles perfekt sein muss. Niemand darf sich eine Blöße geben, jeder muss in allem gut sein. Hier unterliegt ihr einem großen Irrtum, denn es kann ja gar nicht angehen, dass einer alles kann. Jeder Mensch hat eine bestimmte Aufgabe, bei der er glänzen kann, weil ihr alle Rädchen in einem Getriebe seid. Niemand muss sich hervortun, besser sein als der andere. Du kannst wunderbar deine Erkenntnisse präsentieren, und das ist sehr wichtig in der heutigen Zeit, in der die Menschen wach werden sollen für ihre eigene Bestimmung. Gräme dich nicht, wenn dir das eine oder andere nicht so gut gelingt. Freue dich einfach an deinen Qualitäten. Und vor allem vergleiche dich nicht mit anderen. Es wird immer jemand geben, die besser ist als du ebenso wie andere, die schlechter sind. Darum geht es nicht mehr, sondern um den Platz, den ihr ausfüllt. Und um das erweiterte Bewusstsein. Jeder von euch darf den bestimmten Platz ausfindig machen durch die vielen unterschiedlichen Lektionen in eurem Leben. Und dann fühlt ihr euch in eurer Mitte, in eurer Kraft, werdet von Tag zu Tag stärker, fröhlicher und reiner."

Ich lächele vor mich hin, weil Natahas Worte mich in meinem Kern treffen. Wie oft schon habe ich mir vorgenommen, auch die schwachen Punkte in mir anzunehmen, weil es so viele starke gibt, wegzukommen von der Erwartung, in allem perfekt sein zu müssen. Sicher wird das ein lebenslanger Prozess sein. Ich will nicht hängen bleiben in negativen Erinnerungen, erwische mich häufig dabei, wie gerade das geschieht, dass die schönen Augenblicke im Leben den unangenehmen, misslungenen weichen und sich meine Gedanken oft festsaugen, an mir zerren, mich beunruhigen.

Sylvia, eine sehr junge Freundin, ruft mich sporadisch an, um sich von mir aufbauen zu lassen, nämlich immer dann, wenn sie sich verliert in den Selbstbeschuldigungen, den Zweifeln und dem Glauben, nicht gut genug zu sein für diese Welt. Dabei ist sie eine begnadete Künstlerin mit einer wunderschönen Stimme, mit einem unübertrefflichen Humor und Gefühl für Situationskomik. Wenn sie in ihrer Kraft steckt, weiß sie ihr Publikum mitzureißen, bringt ihre Zuhörer zum Lachen, in einen Frohsinn, der anhält. Sie ist eine Magierin mit einem riesigen Potential, das sie leider viel zu oft auslöscht, um in die entgegengesetzte Richtung zu tauchen, sich und ihre Macht zu vergessen oder zu verleugnen und sich einzupendeln in der Schwäche, die ihr die Kraft und Energie raubt.

Ich kenne das von mir auch. Wie oft höre ich von meinen Freunden: „Du hast schon so viel erreicht, bist über die Grenzen hinaus berühmt. Warum trägst du nicht deinen Kopf höher, machst dich klein? Das hast du gar nicht nötig! Steh zu dir und zeige, wer du bist!" Die Auflösung der Polaritäten, ankommen im Augenblick, ist die Lösung, denn im Augenblick ist alles richtig und gut, wie es ist. Die störenden Gedanken so zu integrieren, dass die Störung sich auflöst, wäre eine Aufgabe für alle, hatte Nataha mir eingeprägt. Gerade in diesem Augenblick klingelt mein Handy und Sylvia, meine junge Freundin, meldet sich. Das heißt, sie schluchzt in den Hörer, untröstlich, verzweifelt. Ich lasse sie weinen, frage vorsichtig nach und erfahre schließlich das Übliche: Sylvia glaubt, eine Versagerin zu sein, will die Situationen aufzählen, die ihr über den Kopf wachsen, als sie selbst sich korrigiert: „Ich darf nicht sagen, dass ich etwas nicht schaffe, sondern muss mich bestärken. Wenn ich mir selbst sage: ich schaffe das, wird es schon gehen, aber ich schaffe es nicht. Wie soll ich nur aus dieser Misere herauskommen? Ich schaffe das nicht", stöhnt sie am anderen Ende des Telefons. Zusammen untersuchen wir die einzelnen Situationen, die ihr das Leben schwer machen und arbeiten in kleinen Schritten auf, was ihr solche Angst bereitet, diese Angst, nicht zu genügen, nicht gut genug zu sein und schließlich in der Isolation zu versinken, weil sie sich in diesen gramvollen Situationen meist von ihren Freunden abwendet, um ihnen nicht zur Last zu fallen. Oft schaffe ich es, sie für den Augenblick zu beruhigen, ihr aus der schwierigen Situation herauszuhelfen, aber das reicht nicht. Wir brauchen eine Basis, auf der alle liebevoll miteinander umgehen, auf der alle sich gegenseitig bestärken und helfen bei dem geistigen Wachstum. Die Therapeutenlaufbahn habe ich längst beendet. Das jahrelange Nachbohren, Untersuchen, Anklagen ist vorbei. Jetzt soll der Alltag im Mittelpunkt stehen, die täglichen Lernchancen erkannt werden.

15 Spirituelle Übungen

Ich habe eine Idee: Ich will in unterschiedlichen Gruppen, zu unterschiedlichen Zeiten Übungssituationen schaffen, für ein neues Miteinander. Schwerpunkt soll das Leben ohne Geld sein. Zu dem ersten Wochenende lade ich zehn Menschen ein, fünf Männer und fünf Frauen, eine Ausgewogenheit zwischen den Geschlechtern. In Achims geräumigem Haus treffen wir zusammen. Eine Lehrerin, eine Therapeutin, eine Sekretärin, eine Sozialarbeiterin und eine Studentin auf der weiblichen Seite, ein Lehrer, ein Handwerker, ein Angestellter und zwei Künstler auf der männlichen. Am Freitagabend gibt es für alle eine leckere Suppe, die ich mit Achim zusammen gekocht habe, von den Zutaten des Bioladens, der uns über Jahre mit dem Nötigsten versorgt. Am nächsten Tag beginnt das Programm: die Beschaffung der Verpflegung ohne Geld, eine Herausforderung für alle. Der Lehrer und der Handwerker möchten sich nicht an dieser Aktion beteiligen. Lieber bleiben sie im Haus, in dem sie während der Zeit kleine Arbeiten verrichten.

Die anderen schließen sich paarweise zusammen und schwärmen aus in den Ort. Als alle nach vier Stunden wieder zusammentreffen, ist die Freude groß. Erfolgreich wird ausgepackt, und die Tische quellen über von den schönsten Köstlichkeiten. Da gibt es ein ganzes Blech voll leckerem Kuchen, Brote und Brötchen. Gemüse und Obst wird ausgepackt, und dabei sprudelt es aus allen heraus. „Ihr glaubt gar nicht, wie peinlich es uns war, in den ersten Laden zu gehen, um unseren Handel vorzuschlagen, nämlich für die überschüssigen Lebensmittel etwas im Laden zu tun. Ich dachte, sie würden uns abservieren, uns gar nicht richtig zuhören", erzählt die Lehrerin Ute. „Aber das Gegenteil war der Fall. Es gab nur eine Verkäuferin, die wir vertreten durften, damit sie noch schnell ihre eigenen Einkäufe tätigen konnte. Sie war so froh über unseren Besuch, dass sie uns anschließend die Taschen vollpackte."

„Auch wir mussten uns überwinden, in den ersten Laden zu gehen. Mindestens fünfmal sind wir davor auf und ab gegangen, bevor wir uns hinein trauten. Und auch bei uns ging alles problemlos. Wir putzten, räumten auf und wurden belohnt. Niemals hätte ich gedacht, dass die Menschen so offen sind, so großzügig und zuvorkommend. Ich bin sehr froh, dass ich mich überwunden habe zu dieser Übung", schwärmt der Angestellte Jochen.

Den ganzen Samstag steht das Thema Geld und dessen Logik im Mittelpunkt. Wir diskutieren, beraten, vergleichen und haben Spaß an der Kontroverse, die entsteht. Die beiden Künstler begleiten die Gruppe mit einer Kamera und präsentieren später einen gelungenen Film über die Aktionen. Die Zubereitung der Lebensmittel nimmt einen breiten Raum an diesem Wochenende ein. Macht so etwas Sinn? fragen sich alle am Ende der Zusammenkunft, bejahen und beschließen eine Wiederholung. Beim nächsten Treffen, das ein paar Wochen später stattfindet, soll neben dem Leben ohne Geld noch das Thema „Jeder kann was, was nicht jede kann" einen Platz einnehmen. Im Vorab wurden die Mitmacher gebeten, sich zu überlegen, welche Fähigkeit sie für die Gruppendynamik anbieten wollen. Diesmal läuft alles ganz anders. Gleich zu Beginn teilen vier Besucher mit, dass sie auf keinen Fall für die Ladenaktion eingeteilt werden wollen. Lieber beteiligen sie sich an den Hausarbeiten. Die Lebensmittelbeschaffung verläuft nicht so üppig wie beim ersten Mal, obwohl am Abend genug für alle da ist. Gesellschaftsspiele, Tanz, Gesang, Spaziergänge sowie Auseinandersetzungen zwischen einzelnen Mitgliedern stehen dieses Mal im Vordergrund. Ja, es gibt Streit zwischen dem Angestellten Jochen und mir. Er kann mit meiner Spiritualität nichts anfangen und verlässt sogar das Haus, um im Wald seinen Ärger abzureagieren. Anschließend geht es hoch her in der Gruppe. Jochens Ärger basiert auf den Erfahrungen mit seiner Exfrau, die ihn in der Ehe mit ihren spirituellen Bemerkungen so manches Mal auf die Palme gebracht hatte. Jetzt sieht er Rot, weil ihm die Ehezwistigkeiten hochkommen, die er noch nicht richtig verarbeitet hat. Ich scheine mich gewissermaßen als Projektionsfigur anzubieten, doch ich fühle mich nicht angegriffen und bleibe souverän. Allerdings ziehe ich ein Fazit aus dieser Erfahrung. Ich möchte mehr Spiritualität leben, auch in solchen Gruppen, und beschließe, für die nächste Runde die Auswahl in diese Richtung zu treffen. So ergibt es sich, dass beim nächsten Mal nur Frauen dabei sind, die einen Zugang zur Spiritualität haben. Meditationen, Reisen nach Innen, Auseinandersetzung mit dem Selbst sind Thema und machen uns Frauen glücklich. Alles läuft leicht und harmonisch, und ein tiefes Wohlwollen füreinander erfasst uns. Ist das nicht ein Widerspruch? Sollte es nicht Situationen für Auseinandersetzungen geben, damit ein Übungsfeld gewährleistet ist? Denke ich und sehne mich nach einem Gespräch mit Nataha. „Wir können doch nicht die Männer einfach ausklammern", stelle ich zur Debatte bei Natahas Erscheinen. „Nein, das müsst ihr auch nicht tun. Eine harmonische Welt soll gerade zwischen den Geschlechtern entstehen in einem befriedigendem Miteinander. Dennoch ist es gut, dass ihr euch als Frauen zusammenschließt. In den letzten Jahrhunderten mussten sich die Frauen unterordnen, konnten ihr Potential keineswegs ausleben. Seit einiger Zeit entdeckt ihr eure unglaubliche Macht, eure Fähigkeiten, und ihr wisst inzwischen, dass es diese Fähigkeiten sind, die ein Gleichgewicht in der Welt herstellen können. Das weibliche Prinzip ist gefragt, soll sich entfalten und einen neuen Schwerpunkt setzen. Zum weiblichen Prinzip gehören Tugenden, die bislang nicht wertgeschätzt wurden. Leider ist es immer noch nicht so, dass die Frauen ihre Stärke auch wirklich zeigen und leben können. Die meisten fallen zurück und ordnen sich der Männerdominanz unter. Die Männer mussten immer stark sein, mussten Führung übernehmen, für das „schwache Geschlecht" einspringen, konnten sich nicht zurücklehnen, ein anstrengender Anspruch an sie. Beide Geschlechter dürfen nun etwas Neues lernen, sich mehr ergänzen. Die männliche Zurücknahme, gepaart mit dem weiblichen Vormarsch ergibt ein wunderbares neues Zusammenspiel. Ihr lebt in einer spannenden Zeit", freut sich Nataha vor ihrem Abschied.

16 Auflösung von Störungen

Ich erhalte eine Einladung der Universität zu einer Gesprächsrunde. Als ich feststelle, dass ich die einzige Frau inmitten einiger illustrer Professoren sein soll, schlage ich die Einladung zunächst aus. „Meine Synapsen machen das nicht mit", begründe ich meine Absage. „Ich kann einfach nicht schnell genug denken und würde in dieser Runde peinlich herüberkommen." Als der Einladende Schonung verspricht und die Dringlichkeit meiner Anwesenheit beschreibt, sage ich meine Teilnahme zu.

Die Veranstaltung dauert mehrere Tage in einem wunderschönen Ort in den Bergen. Per E-Mail erhalte ich vorab eine Programmübersicht und bemerke besorgt, dass die Reihenfolge meiner Darbietung nicht stimmig ist. Doch dagegen kann ich jetzt nichts mehr unternehmen. Mit gemischten Gefühlen begebe ich mich auf die neunstündige Reise. Kaum sitze ich im Zug, stellt sich ein unbeschreibliches Kribbeln in der Magengegend ein. Ich kann diese langen Strecken so sehr genießen, kann jedes Mal die große Freude in mir beobachten, die jedes Hier und Jetzt aufweist. Ich mache es mir auf meinem Sitzplatz bequem, schließe die Augen und überlasse mich ganz dem Augenblick und meinen Gedanken. Es gibt noch einiges abzuschließen vom vorherigen Tag, ein paar Erfahrungen in Erkenntnisse zu transformieren, eine interessante Arbeit, die mich gefangen nimmt und ausfüllt. An Reisebekanntschaften bin ich nicht interessiert, ich brauche den Rückzug.

Plötzlich gibt es ein Rucken und Zucken im Zug und alles steht still. Die Beleuchtung fällt aus, und nur eine Notlampe erhellt das Abteil so, dass die Reisenden sich gerade noch erkennen können. Der Zug steht in einem dunklen Tunnel. Eine Stimme aus dem Lautsprecher bittet die

Reisenden, sich keine Sorgen zu machen, weil die Fahrt in einigen Minuten weiterginge. „O je, ob ich dann noch den Anschluss an den nächsten Zug schaffe?" sorge ich mich. Meine Umsteigezeiten sind genau abgestimmt und dulden keine Verspätung. Nach etwa zehn Minuten finde ich mich damit ab, dass ich den nächsten Zug wahrscheinlich nicht erreichen werde. Ich bleibe ruhig und warte ab. Nichts geschieht, und wir Fahrgäste beginnen, miteinander zu sprechen. Wir teilen uns unsere Reiseziele mit, die Sorgen darüber, dass nun nichts mehr so laufen wird, wie es geplant war und spekulieren über die Ursache des Halts. Eine Stunde geht so dahin.

Der Zugführer meldet sich in regelmäßigen Abständen, erklärt das Problem, beruhigt und beschwichtigt. Alle bleiben erstaunlich ruhig, niemand regt sich auf oder sucht nach Schuldigen, wie das in solchen Situationen leicht geschieht.

Nach etwa zwei Stunden beginnt die Luft dünner zu werden, worunter einige Fahrgäste leiden. Ich beschließe, aktiv zu werden und zu schauen, ob ich auf irgendeine Weise helfen kann. Ich begebe mich auf die Suche nach dem Zugpersonal, das bislang nicht aufgetaucht ist. Dabei passiere ich mehrere Waggons und stelle fest, dass in der ersten Klasse die Luft viel besser ist als in der zweiten. Woran das wohl liegt, überlege ich noch, als ich eine Zugbegleiterin im vorderen Zugteil ausfindig mache. „Können Sie nicht die Türen öffnen, damit wenigstens etwas frische Luft einströmen kann?" frage ich in ruhigem Ton und erfahre, dass die Türüberwachung nicht gewährleistet ist aufgrund des geringen Personals. „Wir könnten höchstens drei Waggons bedienen, hier vorn in der ersten Klasse anfangen", schlägt die Dame vor. „In den hinteren Abteilungen ist es aber viel nötiger. Da ringen schon ein paar Asthmatiker nach Luft!" erwidere ich und gewinne sofort die Aufmerksamkeit der jungen Frau. Nach Absprache mit der Zugleitung öffnet sie alle Türen, was ein wenig Erleichterung verschafft.

Nach drei Stunden Wartezeit wird die Evakuierung beschlossen, der Umstieg in einen Ersatzzug. Das Gepäck solle in diesem Zug verbleiben und später nachgeholt werden. Zum ersten Mal protestiere ich lautstark.

Auf keinen Fall werde ich diese Umständlichkeit mitmachen und das Gepäck zurücklassen. Auch die anderen Fahrgäste entscheiden sich so. Als schließlich alle Reisenden den Zug verlassen haben und sich auf den Weg zu dem Ersatzzug machen, geschieht etwas Eigenartiges mit mir. Dunkel erinnere ich mich an ein Gefühl aus meiner Kindheit. Wir sind auf der Flucht, denke ich, als ich mich einreihe in den langen Menschenzug der Umsteiger. Hin und wieder sitzt ein schluchzender Mensch am Rande, ein zusammengebrochener alter Mann, ein junges weinendes Mädchen, eingerahmt von ihren Freundinnen. Ansonsten herrscht ein unheimliches Schweigen, ein Geistermarsch. Als wir endlich in den bereitgestellten Zug einsteigen, haben wir eine Verspätung von vier Stunden. Ein paar Sanitäter versorgen die erschöpften Menschen, die medizinische Hilfe benötigen. Kostenfreie Getränke werden ausgeteilt, und in der nächsten Stadt erhält jeder Reisende beim Umstieg einen Gutschein über fünf Euro für einen Snack. Außerdem wird mir zugesichert, dass ich auf Kosten der Bahn in einem Hotel übernachten darf, falls es keinen Anschlusszug mehr gibt.

Trotz des Durcheinanders, das durch solche Verspätungen auf den Bahnhöfen entsteht, sind die Menschen diszipliniert und aufgeräumt. Niemand beklagt sich, auch ich bin erstaunlich ruhig. Für mich beginnt jetzt eins meiner Lieblingsspiele. Die Überraschung, die in jedem Augenblick liegt, ganz auszuschöpfen, eine positive Aufregung zu spüren für das, was kommt. Ich telefoniere mit der Hotelleitung meines Ankunftsortes, erfahre, dass der Schlüssel für mich hinter einem Blumentopf deponiert wird und bin gespannt, ob ich irgendwie meine Anschlusszüge erreichen werde. Schließlich erreiche ich mein Ziel um Mitternacht, finde das Hotel, den Schlüssel hinter den Geranien und zum Schluss mein Zimmer. Erschöpft falle ich ins Bett und beschließe, den nächsten Tag für weitere Überlegungen zu nutzen, die Lehren aus diesem Stück in aller Ruhe zu untersuchen. Doch daraus wird zunächst nichts. Am Morgen werde ich begrüßt von einer freundlichen Männergruppe, die mir meinen Seminarraum für den Nachmittag zuweist.

Ich habe mir diesmal ein Programm überlegt für mein intellektuelles Publikum. Kaum beginne ich damit, erscheint einer der Initiatoren, der sich bald als Störenfried erweist. Er stellt Fragen, die nicht in das Programm passen und verunsichert mich damit. Statt ihn auf meinen Vortrag zu vertrösten, der am nächsten Tag stattfinden soll, lasse ich mich vom Thema abbringen und fühle mich miserabel. Nach einiger Zeit verschwindet der Mann wieder, hinterlässt jedoch ein ungutes Gefühl in mir. Trotz der wunderschönen Landschaft, der guten Verpflegung und der interessanten Gespräche gelingt es mir nicht, wieder in meine Mitte zu finden. Höhepunkt der Misere wird der nächste Tag, als ich, eingerahmt von zwei Professoren, meinen Vortrag halten soll. Kaum habe ich damit begonnen, ist auch schon alles vorbei. Ich erhalte nicht die zugesprochene Zeit für meine Ausführungen, sondern werde nach zehn Minuten unterbrochen, weil nun die interessante und wichtige Diskussion beginnen soll. Ein Graus für mich, weil das genau die Momente sind, in denen meine Synapsen streiken. So sitze ich den Rest des Abends schweigend da, überlasse den anderen das Feld und beschließe, am nächsten Tag wieder abzureisen. Am späten Abend bitte ich Nataha zu einem Gespräch, weil ich allein mit den Schrecknissen der letzten Tage nicht fertig werde. Welchen Zusammenhang gab es zwischen der beschwerlichen Anreise und meinem Aufenthalt in der von Touristen überfluteten kleinen Stadt? Nataha erklärt: „Deine Angst vor Versagen hat dich von Anfang an aus der Ruhe gebracht. Die Männerdomäne hat dich so verunsichert, dass du nicht einmal dein Programm durchziehen konntest. Hättest du dich heute Abend einfach so gegeben wie du normalerweise bist, wäre dein Beitrag eine Bereicherung gewesen. Vielleicht wäre es dir sogar gelungen, eine neue Richtung zu bestimmen und mit den Herren in ein wirkliches Gespräch zu kommen. Leider schnürte deine Angst dir die Kehle zu und du verfielst in dein altes Muster, der Angst, nicht zu genügen. Schade, weil hier eine echte Chance, das Männliche mit dem Weiblichen zu verbinden, vertan wurde. Alles blieb beim Alten, die Männer diskutierten allein und in höheren Sphären, teilweise vorbei an den Zuhörern.

Da siehst du, wie wichtig die Arbeit mit den alten Mustern ist, die Auflösung der Störungen, damit eine bessere Welt erschaffen werden kann. Ihr alle seid Schöpfer und werdet an die Orte geführt, an denen ihr mitwirken könnt. Du kannst in den nächsten Tagen noch deine Ideale und Ideen zwischen den Veranstaltungen hier vorstellen, denn das Seminar dauert ja die ganze Woche". „Nein, das kann ich nicht", antworte ich. „Ich käme mir wie eine Schnorrerin vor, die sich in ein gemachtes Nest setzt, ohne etwas zu leisten. Nein, meine Chance habe ich vertan, und daraus ziehe ich die Konsequenz. Morgen reise ich ab."

Als ich mich am nächsten Tag verabschiede, höre ich ein Bedauern aus den Worten der Initiatoren heraus. Alle hätten mich gern da behalten, spüren trotz meiner gezeigten Zurückhaltung eine ruhige Ausstrahlung, die eine Ergänzung zu der Hektik zwischen den einzelnen Veranstaltungen bedeutet hätte, wie sie mir versichern. Aber nun ist es zu spät. Ich kann nicht umdisponieren und verlasse den Ort nach dem Frühstück.

Eine kurze intensive Stippvisite, denke ich, als ich Platz genommen habe in dem Zug, der mich zum nächsten Ort führt. Was hatte das alles zu bedeuten? Wie konnte ich mich derart verunsichern lassen? Hört das denn nie auf? Meine Stimmung ist gedrückt. Und dieses Gefühl bei dem Geistermarsch, wie kam das zustande? Gab es da Erinnerungen, die noch aufgearbeitet werden mussten? Die Flucht aus meiner Heimat lag solange zurück und hatte mich nie besonders beschäftigt. Bei dem Marsch im Tunnel waren plötzlich Bilder aus alter Zeit in mir aufgetaucht, allerdings ohne ängstliche oder andere unangenehmen Gefühle. Hatten die dennoch mit meiner Verhaltensweise in der Jetztzeit zu tun? Und wieder einmal erhalte ich Natahas Unterstützung. „Gräm dich nicht länger" tröstet sie, „alles ist richtig, wie es ist. Du darfst auch Fehler machen, musst nicht zurückgehen in die alten Zeiten. Natürlich ist der Krieg nicht spurlos an euch vorüber gegangen, aber jetzt geht es darum, im Heute den Platz einzunehmen, den ihr ausfüllen könnt. Du hast eine wichtige Aufgabe zu erledigen, wirst noch einmal Gelegenheit erhalten, deinen letzten Auftritt auszugleichen. Du kennst dich inzwischen so gut, dass du weißt, wo deine Schwächen liegen, aber auch deine Stärken. In den nächsten Tagen wird es eine Einladung geben, die adäquat zu der letzten liegt. Hier kannst du das, was du Fehler nennst, auflösen und sehen, dass nur deine Haltung eine Rolle spielt."

Tatsächlich meldet sich wenig später ein Professor einer anderen Universität und lädt mich zu einer Gesprächsrunde ein, in der ich außer der Moderatorin die einzige Frau sein werde. Zunächst will ich ablehnen, doch wäre das nicht eine Chance, etwas aufzuarbeiten, was mich immer noch belastet?

Diesmal verläuft die Reise glatt, keine Hindernisse, keine Verspätungen. Pünktlich erscheine ich zur Vorbesprechung und nehme mir vor, mich einzubringen mit meinen Statements, wo immer es geht. Und es geht! Weder die 200 Studenten im Zuhörerraum noch die Professoren neben mir schüchtern mich ein. Aus meiner Mitte heraus bringe ich einen ganz anderen Gesprächsstil in die Runde, lockere auf und vereinfache. Sogar praktische Tipps und Übungen haben Platz hier. Stolz bin ich auf meinen Mut, der mich voranträgt, auf meine Risikobereitschaft, die mich wachsen lässt. Nur so kann eine Verschmelzung zwischen dem männlichen und dem weiblichen Ansatz gelingen, wird mir immer klarer.

Dass eine meiner größten Tugenden der Mut ist, Dinge anzugehen, Neues auszuprobieren, mich hineinzustürzen in unvorhersehbare Angelegenheiten und diese durchzuziehen, merke ich immer häufiger. Besonders das anschließende Gefühl an so eine eroberte Situation lässt mich eine Freiheit spüren, die mich in unbeschreibliche Weiten führt und die Begrenzungen aufhebt. Jedes Hinschauen auf die kleinsten Hindernisse bringt Weite mit sich. Jedes Ausprobieren neuer Verhaltensweisen löst Enge auf. Da geht es lang, denke ich.

17 Wieder die einzige Frau

Diesmal bin ich eingeladen zu einer Fernseh-Talkshow mit einer Einschaltquote von ein paar Millionen Zuschauern. Wieder bin ich die einzige Frau. Das Thema hat mit Konsum und dem Verhalten der Konsumenten zu tun. Schon bald bemerke ich die bekannte Barriere, die ich an diesem Abend nicht überwinden kann. Ein paar Sätze kommen mir über die

Lippen, ansonsten halte ich mich zurück, überlasse den Männern das Feld und fühle mich unfähig und kein bisschen souverän an diesem Abend. Bei Abschluss der Sendung fühle ich mich herein getappt in die alte Falle und unglücklich. Nie wieder, das war's. So etwas muss ich nicht mehr mitmachen. Aber schon am nächsten Tag verwerfe ich diesen Entschluss. Es gibt nämlich eine Einladung von einem anderen Sender. Thema ist wieder der Konsum und das Konsumentenverhalten. Gäste sind vier männliche Politiker und ich. Der erste Impuls ist ein klares Nein, hatte ich mich doch für ein „Nie wieder" entschlossen. Auf der anderen Seite wittere ich eine Chance, die ich nicht einfach vertun mag. Zu offensichtlich ist die Übereinstimmung der beiden Situationen. So handel ich ein paar Maßnahmen mit der Moderatorin aus und traue mich erneut – mit Herzklopfen und den altbekannten Ängsten- in die Manege. Diesmal jedoch verhalte ich mich aus meiner Mitte heraus, habe meine Angst angesprochen und mitgenommen, sie abgesetzt auf einem Extraplatz und bald ihr Verschwinden bemerkt. Meine Beiträge führen zu einem Verständnis von Seiten der Politiker und der Zuschauer, wie ich an den späteren Mails feststelle. Die Annahme und Überwindung der Angst hat mich in das Vertrauen gebracht, in eine Bestätigung für den eingeschlagenen Weg. Das Vertrauen in alles, was geschieht, bestimmt mehr und mehr meinen Alltag und macht mich glücklich. Dennoch schaue ich auf alle Widerstände, verdränge nichts und lasse nichts aus. So empfinde ich auch unangenehme Tatbestände als göttliche Schöpfungsakte, die ich freudig annehme und einbaue in das Alltagsgeschehen.

18   (Un)verständnis für meine Lebensart

Meine Seminare, die ich unter dem Thema „ohne Geld durch die Welt" sporadisch anbiete, sprechen sich herum, und andere Gruppen übernehmen sie. So auch ein Verein, der jedes Jahr zu Ostern Jugendliche zu diesem Thema einlädt. Übernachtung ist für alle kostenfrei gewährleistet in einem Jugendzentrum mit Küche und Gruppenraum. Die Jugendlichen nehmen mit Begeisterung teil, sind kreativ und erfinderisch in ihren Tauschaktionen mit den Geschäften, den Kulturstätten, den städtischen Institutionen. Sie überlegen sich eigeninitiativ und selbstbestimmt neue Herangehensweisen und fahren jedes Mal angereichert und aufmerksamer nach den zehn Tagen nach Hause zurück. In ihren Gesprächen mit mir, die mich oft für einen Tag dazu laden, schildern sie ihre Begeisterung für eine neue Vision, nämlich einer Welt ohne Geld. Dazu müssten sie das Tauschen zugunsten des Teilens aufgeben. Teilen bedeute etwas ganz anderes als Tauschen, erklärt ein aufgewecktes junges Mädchen. Beim Tauschen stände hinter allem noch so eine Art Gier oder Habenwollen, auf jeden Fall eine Absicht. In einer Welt ohne Geld müsse das verschwinden. Jeder dürfe nur das tun, was ihm am Herzen läge, so dass mehr Freude in die Welt käme. Auf der anderen Seite müsse die Verschwendung aufhören zugunsten einer Ausgewogenheit des Empfangens. Das Geben und Nehmen stände gleichberechtigt nebeneinander, so dass die Spanne zwischen diesen Polen sich aufheben würde. Ich lausche beglückt den Worten dieses jungen Mädchens, das meine eigenen Erkenntnisse, für die ich Jahre gebraucht hatte, in so kurzer Zeit zusammenfasst. Ja, so kann es gehen. Die Jugend ist beweglich und aufmerksam, kann das Neue schneller erfassen und umsetzen.

Auch in den Schulen fühle ich mich wohl, wenn die Schüler sich einlassen und interessiert sind an dem Thema, was natürlich nicht immer der Fall ist. Von einer Lehrerin, mit der ich mich befreundete, hörte ich nach dem Auftritt in einer zehnten Realschulklasse, dass ein Schüler mich als psychisch krank bezeichnete. Für ihn war meine Denkweise so weit von der Normalität entfernt, dass es sich bei mir nur um eine Verwirrung des Verstandes handeln könne.

Als ich einmal in einer Grundschule eingeladen werde, mache ich eine lustige Erfahrung. Die Kinder hatten sich schon im Vorab in einigen Stunden mit dem Thema Geld befasst, mit der Wichtigkeit, es zu besitzen und ausgeben zu können. Obwohl sie selbst ja noch gar nicht in diesem Prozess steckten, die Generalversorgung durch ihre Eltern erfuhren, hatten sie eine spezielle Vorstellung von einem Erwachsenen, der ohne Geld auskommen musste.

So ein Mensch hätte doch kaum Berührungspunkte mit der Zivilisation. Und so tauchten Fragen auf, wie ich mich denn gegen die wilden Tiere wehren würde. Und was ich machen würde, wenn der Schnee mich verwehte. Für diese Kinder bedeutete der Umgang mit dem Geld gleichzeitig einen Einstieg in eine zivilisierte Lebensform. Ohne Geld sei man den Naturgewalten ausgeliefert, ohne jede Möglichkeit für Bequemlichkeiten. Für diese Kinder war ich so etwas wie Tarzan im Dschungel.

Auch die Journalisten, die mich häufig zu dem Thema Lebensqualität befragen, scheinen eine Vorstellung zu haben von einem Leben ohne Geld, die eher mit Mangel statt mit Fülle zu tun hat. Ohne Geld ließe sich so vieles nicht abdecken, glauben sie. Zwar sehen sie mich nicht als Eremitin in den Wäldern herum streifen, sich von Wurzeln und Beeren ernährend und im Winter hungernd, aber doch in einer für sie unangenehmen Abhängigkeit von anderen. „Wenn ich mir vorstelle, meinen Nachbarn bitten zu müssen, dass er mir etwas zu essen gibt oder einen Pullover für den Winter schenkt, schüttel ich mich. Nein, das wäre für mich ein Graus. So könnte ich absolut nicht leben. Und Sie bezeichnen das als erhöhte Lebensqualität. Das verstehe ich ganz und gar nicht", bohrt eine junge Journalistin nach, die einen Artikel für ihre Tageszeitung schreiben soll. Für mich ist es nicht einfach, zu erklären, was da in meinem Leben geschieht. Niemals bitte ich jemanden um das, was ich gerade brauche, schon gar nicht einen Nachbarn. Die Dinge kommen auf eine Art und Weise zu mir, die nicht vorbestimmt ist. Meist kommen sie als Überraschungen, denn auch wenn ich mir etwas wünsche, rechne ich doch niemals mit einer hundertprozentigen Erfüllung des Wunsches. Jedes Mal bin ich gerührt, berührt und kann mein Glück kaum fassen. Keine Erwartungen zu haben, macht das Leben aufregend und bewegt, Routine bleibt aus, stattdessen ist jeder Augenblick neu. Wie soll ich erklären, dass ich jeden Morgen beim Aufwachen in dem Gefühl stecke, das ich als Jugendliche hatte, als es galt, Bäume auszureißen, den Tag zu erobern mit allen Fasern meines Seins? Wie soll ich erklären, dass für mich alle Türen des Lebens weit geöffnet sind, wenn um mich herum bedeutend jüngere als ich auf die Mängel in ihrem Körper hinweisen und immer mehr Türen für geschlossen halten?

Gegen die kollektive Überzeugung, dass ab einem bestimmten Alter das schleichende Hinsiechen beginnt, will ich nicht angehen. Es kostet zu viel Kraft, Menschen von etwas zu überzeugen, was nicht einmal ansatzweise in ihrem Denken verankert ist. Dieses Lebensgefühl, das mit dem Lebensfluss einhergeht, das aus einem Vertrauen geboren wird, für das alle Menschen geschaffen sind, lässt sich schlecht erklären. Oft werde ich mit Sätzen versehen, die mich zurückwerfen sollen auf meinen Ausnahmezustand. „Ja, Sie können so leben, weil Sie keine Verantwortung für andere zu tragen haben, weil Sie allein sind." Die anderen lassen sich einiges einfallen, um die Grenze für die eigene Unfähigkeit zu ziehen, um da bleiben zu können, wo sie gerade stehen - ohne schlechtes Gewissen.

Es bedeutet oftmals eine Gratwanderung für mich, nicht zu forsch über meine neuen Ideen zu sprechen, nicht anmaßend zu wirken. Geduld brauche ich und Toleranz! Vorsichtig taste ich mich vor, und manchmal geschieht es, dass ich etwas ausspreche, was den anderen verletzt, weil er sich persönlich angegriffen fühlt, obwohl ich über etwas Allgemeines gesprochen habe. Könnten wir doch unsere Verletzlichkeit ablegen, denke ich oft. Die Verletzlichkeit, die in der Welt so viel Übles anrichtet. Denn ein Mensch, der in sich ruht, käme gar nicht auf den Gedanken, andere verletzen zu wollen. Im Gegenteil, dieser Mensch möchte, dass die anderen genauso glücklich sind wie er selbst. Die neue Lebensqualität liegt darin, anderen alles zu gönnen, niemandem etwas zu neiden und sich selbst eingebettet zu fühlen in eine Gesellschaft, in der Großmut und Herzlichkeit herrscht, in der von jedem Verantwortung übernommen wird für alles Sein. Es ist die Begegnung mit ausgereiften Seelen oder Seelen, die auf dem Weg sind in ein bewusstes Sein. Die Frage, warum das Geld von mir so sehr abgelehnt wird, kann damit beantwortet werden. Denn durch den Umgang mit dem Geld geschieht genau das Entgegesetzte.

Das Geld bestimmt eine andere Richtung, nämlich die Abgrenzung von anderen, die Bereicherung auf Kosten von anderen, die Übervorteilung des Nächsten. Wobei ich darauf hinweise, dass es nicht nur das Geld ist, das diese Herangehensweise erzeugt, sondern eher die Logik dahinter. Auch bei einem Tausch ohne Geld kann diese Haltung durchaus beobachtet werden. Es ist nicht die Boshaftigkeit des Individuums, das das erzeugt, sondern das Konkurrenzverhalten, der Vergleich und bestimmte Erwartungen. Berechnung und Forderung schiebt sich zwischen den Lebensfluss, Leichtigkeit wird verhindert, weil das Geschehen lassen keinen Raum hat. Das Leben wird eingepresst und eingeengt, kann sich nicht entfalten und verliert dadurch an Qualität. Wie soll ich erklären, wie viel leichter ein Tageslauf sein kann ohne die vorbestimmten Gesetzmäßigkeiten, ohne Planung und Einengung. Spontaneität ist meine Devise und trägt mich in neue Bereiche hinein.

19 Tiere

Die Einladung, das Haus am Fluss für einen Monat zu hüten, nehme ich gern an. Ich brauche gerade etwas Rückzug und Ruhe, um Dinge aufzuschreiben, zu klären und sich setzen zu lassen. Es ist ein großes Haus mit allerlei Gegenständen, was eigentlich gegen mein Empfinden spricht. Überall steht etwas herum, sogar die Küchenschränke sind nicht nur innen bestückt sondern obenauf stehen Krüge, Schüsseln, ein Sammelsurium von Gegenständen, die ich alle verschenken würde, wenn es nach mir ginge. Die Dame des Hauses ist eine sehr schaffensfreudige Bildhauerin. Ihre realistischen Figuren bevölkern nicht nur die Atelierräume sondern stehen auf jedem Treppenabsatz, vor den Fenstern, auf Tischen, Kommoden. Jeder Platz ist ausgefüllt und fordert Beachtung. Eine kleine Überraschung erwartet mich diesmal, mit der ich nicht gerechnet habe. Musste ich bis dahin nur Blumen gießen und Figürchen abstauben, gibt es nun ein Vogelpärchen zu betreuen. Unzertrennbar, in einem Käfig dicht aneinander gekuschelt, beäugen sie ihre neue Mitbewohnerin.

Einmal in der Woche wollen sie geduscht werden. Ich, die inzwischen Erfahrung mit vielen Haustieren gesammelt habe, aber noch niemals mit so einem Gefieder, schicke mich mit etwas Ängstlichkeit in die neue Aufgabe. Wird es mir gelingen, die Duscherei unbeschadet für alle zu bewerkstelligen? Am Morgen des besagten Tages nehme ich Kontakt auf zu den Tierchen, verspreche ihnen, behutsam zu sein, das Wasser auf mediterrane Temperaturen einzustellen. Als ich den Käfig in die Dusche trage, fangen die beiden an, zu zwitschern und zu jubeln - im Gegensatz zu mir, die meine Ungeschicklichkeit in solchen Dingen kennt und die Prozedur nur mit gutem Zureden zu mir selbst übersteht. Am Ende bin ich zufrieden mit mir und lobe die beiden, dass sie mir so viel Vertrauen entgegengebracht haben. Bei den nächsten Duschen kann ich mich schon mit ihnen freuen.

Überhaupt habe ich viel Spaß mit diesen fröhlichen Hausgenossen. Manchmal setze ich mich zu ihnen und lese ihnen den neuesten Text vor, dem sie andächtig lauschen. Wie kann es sein, dass den Tieren eine Seele abgesprochen wird, überlege ich, wenn ich wieder einmal in ein Gespräch mit den beiden vertieft bin. Ich freue mich über die Erfahrung, die ich hier sammeln kann und werde erneut darin bestätigt, dass auch die Tiere bestimmte Aufgaben auf der Erde haben. Diese hier sorgen für Frohsinn und Leichtigkeit. Und zeigen eine Bereitschaft, Verantwortung für den Partner zu übernehmen. Zu einer bestimmten Tageszeit dürfen sie herumfliegen, was sie mit Wonne gemeinsam tun. Sie halten bestimmte Routen beim Fliegen ein, sitzen schwatzend und zwitschernd auf dem Küchenschrank, von wo aus die Übersicht am größten ist. Einer fliegt voraus - meist das Männchen - die andere folgt. So geht das die ersten beiden Wochen. Doch dann geschieht etwas, was mich ins Nachdenken versetzt. Das Männchen fliegt los voller Schwung und landet auf dem Küchenschrank. Nun pfeift er seine Partnerin heran, denn die Unzertrennlichen wollen überall unzertrennlich sein. Aber diese kommt nicht. Irgendwie hat sie heute keine Lust. Das Männchen pfeift und trällert, lockt sie mit allen Mitteln zu sich. Leider erfolglos. Tja, dann will ich auch nicht, scheint es zu denken und verzichtet auf weitere Freiheiten, kehrt zurück zu seiner

Liebsten und kuschelt sich an sie.

Wenn ich gefragt werde, warum ich kein Fleisch esse, ob es aus Gesundheitsgründen geschehe, antworte ich: „Die Tiere sind meine Freunde. Ich esse meine Freunde nicht". Wie häufig bin ich zu Tränen gerührt, wenn ich miterleben muss, wie man mit den Tieren umgeht, die zum Schlachten gebracht werden. Eingepfercht in stickigen engen Waggons werden sie stunden-, manchmal tagelang an die Endstation gekarrt, wo sie elendiglich ermordet werden. Ich habe sie schreien und weinen gehört und gespürt, dass sie über ihr Schicksal Bescheid wussten und die Angst in ihnen steckte. Bei solchen Transporten auf den Straßen muss ich an die Bilder von den Juden aus den Filmen denken, in denen das Verbrechen der Nazis aufgezeigt wird. Auch sie wurden eingepfercht, unversorgt an ihren Bestimmungsort gebracht, ohne Wertschätzung behandelt und ermordet. Damals wurde diesen Menschen jegliche Art von Würde abgesprochen.

Was haben die Menschen daraus gelernt? Wo ist die Scham über die Taten der Väter und Großväter? Und wo ist die Erkenntnis, dass jedes Lebewesen ein Recht auf Würde hat, egal ob es sich um Menschen oder Tiere handelt? Wie kann es sein, dass Hühner ihr Leben in einem klitzekleinen Käfig absitzen, dass sie degradiert werden zu Legemaschinen, denen die Eier unterm Hintern weggeholt werden?

Ich sah mal einen Film, in dem dann diese Legebatterien, wie sie genannt werden, zum Schluss lebendig aufgehängt wurden, um in Reih und Glied geköpft und entsorgt zu werden. Jedes Huhn muss miterleben, wie die Vorgänger drangsaliert werden, bevor es selbst dran ist.

Oder die Schweine, die niemals frische Luft einatmen dürfen, die auf unschöne Weise gemästet werden und dann auf dem Schlachthof ihr Leben lassen. Wofür das alles? Wie kommt der Mensch darauf, dass zu seinem Speiseplan das Fleisch gehört? Warum sind die Vegetarier und Veganer immer noch die großen Ausnahmen, obwohl durch ihr Verhalten ein neues Bewusstsein entsteht? Ich erinnere mich, dass es zu Beginn meiner fleischlosen Ernährung für mich nicht möglich war, in einem Restaurant zu essen, weil es damals nichts Vegetarisches gab. Das hat sich in den letzten Jahren doch stark verändert, denn in jedem Restaurant werden nun mehrere vegetarische Gerichte angeboten.

Und es gibt Bauernhöfe, die den Tieren ein glückliches Leben verschaffen mit Auslauf und gesunder Kost, mit Zuwendung und Respekt. Am Ende werden aber auch sie geschlachtet, zwar mit gutem Zureden und vorheriger Betäubung, aber auch sie werden zerstückelt, abgepackt und auf den Tisch gebracht. Muss das wirklich sein?

Als ich das erste Mal darüber las, wie sehr die Tierhaltung den Menschen einschränkt, ihn beraubt des Grund und Bodens, denn dort wo jetzt riesige Herden weiden, hatten zuvor ganze Menschenstämme die Möglichkeit, das eigene Gemüse anzubauen und sich selbst zu versorgen, war ich erschüttert. Für die Fleischbeschaffung werden ganze Landstriche entweiht, müssen andere Menschen verhungern. Durch die Medien erfahren alle davon, Tatsachen werden aufgetischt, von verschiedenen Seiten betrachtet, und niemand kann sagen, er hätte nicht davon gewusst. Was lässt uns einfach abschalten? Warum kann jemand genussvoll in sein Steak beißen, obwohl er gerade in einer Sendung über die Misshandlung der Rinder erfährt? Würde sich etwas verändern, wenn er sich bei jedem Bissen klarmachte, dass er die Medizin, das ungesunde Futter, ja, sogar die Ängste und anderen Gefühle der Tiere in sich aufnahm?

Oder ist es so, dass den Menschen nicht nur für andere, sondern auch für sich selbst der Respekt fehlt? Diese Frage möchte ich mit Nataha klären und wünsche mir ihre Präsenz.

„Auch hier geht es um erhöhtes Bewusstsein. Du weißt ja von dir selbst, wie leicht ihr bereit seid, Verantwortung abzugeben, Mitläufer zu werden, nicht genau hinzuschauen. Diese neue Zeit, in die ihr alle hineinwachst, lässt aufhorchen und wach werden. Vor allen Dingen merken die Menschen immer stärker, über welche Macht sie verfügen. Denk einmal an den Mauerfall. Niemand hätte damals für möglich gehalten, dass so eine Entwicklung geschehen könnte. Weil ein paar Menschen mit dem Beten und dem Meditieren angefangen hatten, dieser Kreis sich vergrößerte und sich wöchentlich traf für eine gegenseitige Stärkung, konnte geschehen, was geschah. So wird es auch mit eurer Ernährung passieren.

Immer mehr Menschen werden das Verbrechen gegenüber den Tieren nicht mehr mitmachen, werden sich zusammen schließen, andere aufklären, und eines Tages ist das Thema vom Tisch. Genau wie das Thema Geld. Hab Geduld und freue dich über deine eigene Bereitschaft, in so einer Wachheit durchs Leben zu gehen. Dadurch erfährst du die schönsten Situationen, wirst reich beschenkt vom Leben. Ich freue mich über dich und bin dir sehr dankbar."

Auch ich spüre meine große Dankbarkeit dem Leben gegenüber. Ich weiß, dass ich mir keine Sorgen machen muss, weil alles geschehen wird, was geschehen soll. Ich muss da nur an mich denken, an die Entwicklung z.B. in meiner Gesundheit. Was für eine Veränderung hat es da gegeben! Ich, die als Baby kaum berührt werden durfte, weil meine Haut so empfindlich war und meine Mutter verzweifeln ließ, fühle mich bei zunehmendem Alter, von Jahr zu Jahr gewissermaßen gesünder und stärker werdend. Wie kann das sein? Womit hat das zu tun, werde ich oft gefragt und versuche dann meine vorsichtigen Erklärungen. Bei dem Thema Gesundheit scheiden sich nämlich die Geister. Empfindlich reagieren die meisten darauf, besonders wenn ihnen gesagt wird, dass ihre eigene Mitarbeit dabei gefragt ist. Krankheiten werden meistens als Alibi für ein bestimmtes Verhalten genommen, werden vorgeschoben und entschuldigen so manches unausgewogene Verhalten der Krankheitsträger. Allerdings stelle ich fest, dass auch in dieser Frage eine Veränderung geschieht, dass immer mehr Menschen den Eigenanteil bei ihrem Aus-der-Mitte-Fallen spüren. Bücher wie „Krankheit als Weg" werden Bestseller, weil die Menschheit an einem Punkt angekommen ist, wo sie selbst Verantwortung übernehmen kann, Dinge hinterfragt und sich öffnet für etwas Neues. Statt sich mit Tabletten vollzustopfen, beginnen viele den morgendlichen Lauf als Programmpunkt aufzunehmen, oder wenn das zu schnell ist, Tai chi oder Yoga einzubauen in ihren Tagesplan. Sie essen gesünder, achten auf Frischluft, mehr Ruhe, weniger Stress und werden älter. Die jungen Alten bevölkern das Straßenbild, übernehmen Vorbildfunktion und teilen ihre Erfahrungen mit den Jungen. So ganz allmählich wird das Ideal des Jugendwahns abgelöst und transformiert in eine realere Form. In den Reklamesendungen tauchen schöne alte Gesichter auf, weise, erkenntnisreiche Ausstrahlung ist keine Seltenheit und bringt eine Hochachtung gegenüber dem Leben mit sich. Denn hier handelt es sich um das vorangeschrittene Alter, das durchaus seinen Reiz hat, wenn wir uns dafür öffnen. Auch das Tabu des Todes löst sich auf zugunsten einer differenzierten Wahrnehmung. Der Tod gehört zum Leben, und wenn wir bereit sind, ihn zu begrüßen als Übergang in eine neue Dimension, wenn wir aufhören, ihn als Strafe anzusehen und ihn deshalb zu missachten, wird auch in diesem Punkt eine Leichtigkeit sich einstellen und uns mehr Freude bescheren. Alles ist eine Frage der Sichtweise und des Verstehens.

20 Italienreisen

Eines Tages nehme ich einen Impuls in mir wahr, der mir Türen öffnet in das Alles–ist–möglich-Gefühl, das mir schon so viel Freude bereitet hat. Diesmal geht es um die Bereitschaft etwas zu lernen. Als ich erfahre, dass mein Buch nun auch auf Italienisch erscheint, beschließe ich, italienisch zu lernen. Diese Sprache verkörpert etwas für mich, was mit Leichtigkeit, mit Lebensfreude, mit Tanz und Gesang zu tun hat. Das Prickeln für das Neue, was ich bei meinen Reisen so stark empfinde, ist sofort zur Stelle, kaum dass der Gedanke sich in mir geformt hat. Abenteuer pur heißt das, weil diese Spannung sich einstellt über den Weg, über die Herangehensweise, denn zum Erlernen einer Sprache braucht es Material.

Als erstes begegnet mir eine Frau, die eine umfangreiche Sammlung von Sprachführern ihr Eigen nennt. Natürlich ist das Italienische auch dabei, in Form eines Wörterbuches, eines Lexikons und eines Heftes mit Alltagsfloskeln und allgemeinen Sätzen und Fragen, die ein Tourist bei seiner Reise haben könnte. „Können Sie mir sagen, wo es zum Bahnhof geht" und Ähnliches pauke ich mir ein. Aber schon bald merke ich, dass ich jemanden brauche, der mir den Klang vormacht, mich einführt ins Hören und Wiedergeben. Die Bücher allein schaffen das nicht. Ich habe keine Ahnung, wie das gehen könnte, wo ich einen Lehrer für mich entdecken soll, als ich die Einladung für eine Hausbetreuung annehme. Die beiden pflegeleichten Katzen werden mir genügend Zeit lassen für das Lernen. Jetzt fehlt nur der Lehrer. Wie erstaunt bin ich, als die Hausbesitzer mir mitteilen, dass ihr Urlaub in Italien sein wird, dass sie die wichtigsten Wörter für den Alltag gelernt haben mithilfe einer CD, die im Computer liegt. Mein Jubelschrei spornt die Hauseigentümer an, noch andere Sprachführer aufzutun. So bin ich bei deren Abfahrt eingedeckt mit allen notwendigen Übungen für das Erlernen einer neuen Sprache. Von nun an sitze ich täglich in den Morgenstunden an meinem Programm. In den zwei für eine Lektion festgelegten Stunden arbeite ich mich voran. Ich höre genau hin, spreche nach, wiederhole, bin Feuer und Flamme, kann mir die Dinge gut merken.

„Warum machst du das?" werde ich gefragt. „Du sprichst doch schon englisch, spanisch und französisch. Reicht das nicht? Und wann wirst du denn nach Italien fahren, um das Gelernte anzuwenden? Hast du schon eine Einladung hierfür?" fragt Anne, die Nachbarin. „Ich lerne auf Verdacht. Noch gibt es keine Einladung, aber ich spüre, dass Italien eine wichtige Station in meinem Leben wird. Ich möchte mich mit den Italienern in ihrer Sprache verständigen können", erwidere ich. „Fällt es dir denn nicht schwer, die Wörter zu behalten?" bohrt Anne weiter, „immerhin bist du nicht mehr die Jüngste, und im Alter lässt doch die Merkfähigkeit nach." „Nicht wenn du Feuer und Flamme bist, gepackt von der Idee und voller Freude. Das beschwingt dich und erzeugt eine Öffnung für das Neue. Bei mir ist es jedenfalls so. Wenn ich mich morgens an mein Programm mache, bin ich erstaunt darüber, wie viel ich noch vom Vortag weiß. Es macht einfach Vergnügen."

Und so setze ich meine Studien fort, darf mir die CD ausleihen, als die Urlauber zurück sind und lerne noch eine Zeit lang weiter. Und dann ist es soweit. Eine Einladung zur Premiere meines Buches ergeht an mich vom Verlag aus, der seinen Sitz in Florenz hat, der wunderschönen Stadt mit der großen Kunst. Ich wohne bei einem jungen Pärchen, das für den Verlag arbeitet, werde herumgereicht für Veranstaltungen, bei denen ich über mein Leben berichte. Zwar ist immer ein Dolmetscher dabei, aber ich kann das meiste verstehen, wenn ich auf Italienisch angesprochen werde, kann sogar antworten und kleine Gespräche führen. Ich genieße diesen Zustand sehr. Jeder Tag ist ein Abenteuer.

Und auch ein Jahr später, als ich wieder eine Einladung nach Italien erhalte, diesmal um einen Friedenspreis aus der Tizziano Terzani- Stiftung entgegen zu nehmen, fühle ich mich sehr geehrt. Ein Verein, der sich jedes Jahr mit der Frage beschäftigt, welcher Autor die Ehre erfahren solle, für seinen Einsatz belohnt zu werden, hat sich in diesem Jahr für mich entschieden. Ich bin gerührt, denn nun spüre ich, dass diese Menschen hinter die Fassaden geschaut haben. Sie sind nicht nur neugierig, warum ich dieses Leben führe, sondern verstehen, was es für die Welt bedeuten würde, wenn sich diese für einen neuen Ansatz entschließen könnte. Das 500-köpfige Publikum ist mit mir gleichgesinnt. Die Italiener bejubeln mich und verstehen, spornen mich an, nicht nachzulassen in meinen Bemühungen, Neues in die Welt zu bringen. Den Preis, ein Gemälde von einem italienischen Maler, überlasse ich der Buchübersetzerin, die sich in das Bild verliebt hat. In deren Räumen ist es gut aufgehoben.

Wieder einmal bin ich einer Einladung nach Italien gefolgt, diesmal in eine andere Stadt. In den ersten Tagen bin ich gut untergebracht in einer kleinen Wohnung, in der die Gastgeber ein Zimmer für mich räumten. Für fünf Tage geht das, dann sollte eine andere Lösung gefunden werden. Bei einer Abendveranstaltung, auf der ich Ehrengast bin, werde ich von einer jungen Frau angesprochen, die mich einlädt, meinen Aufenthalt zu verlängern. Es gäbe da die freie Wohnung ihrer Eltern, die auf einer längeren Reise unterwegs seien. Ihre Eltern hätten sicherlich nichts gegen meinen Besuch, weil sie Fans von mir seien, mein Buch schon gelesen hätten und angetan wären von meinen Gedanken. Wir verabreden uns für den nächsten Tag, an dem ich mir die Wohnung anschauen und entscheiden möchte. Die Wohnung gefällt mir auf Anhieb, strahlt sie doch etwas typisch Italienisches aus mit Wäscheleinen vor den Fenstern, mit Blick auf die enge Straße und überhaupt viel Bewegung um sie herum. Am nächsten

Tag ziehe ich ein und finde ein paar frisch gekaufte Lebensmittel vor, die mir die junge Frau besorgt hat.

Das kann ich nicht annehmen, weil ich schon bemerkt hatte, dass meine neue Bekannte Chris nur ein geringes Gehalt erhält und ansonsten ehrenamtlich tätig ist. Nein, sich von ihr durchfüttern zu lassen, will ich auf keinen Fall, und ich fange mit meinen Überlegungen an. Was könnte ich hier tun, womit ich mich in den nächsten zehn Tagen über Wasser halten kann? In Deutschland hätte ich viele Ideen, aber hier in Italien? Weder gibt es in dieser Stadt einen Tauschring noch andere Einrichtungen, mit denen ich Kontakt aufnehmen könnte. Einmal in der Woche koche ich mit einer Bekannten in deren kleiner Küche. Das reicht natürlich nicht aus. Es gibt keine Vorträge mehr für die restliche Dauer meines Aufenthaltes.

Da erfahre ich von dem großen Markt, der täglich stattfindet, nur eine kurze Strecke von meiner Wohnung entfernt liegt, und mittags beendet wird. Auf diesem Markt gäbe es Obst und Gemüse in Hülle und Fülle, das im Anschluss auf der Erde liegen bleiben würde. Vielleicht fände ich dort etwas für mich? Oh, soll ich mich das trauen? Werde ich da nicht in ein Bettlergefühl oder Armutsempfinden geraten? So etwas habe ich mich auch nicht in Deutschland getraut, abgesehen von den Seminaren „Ohne Geld durch die Welt". Allein kann ich da nicht hingehen. Vielleicht kommt ja Maria mit, und anschließend können wir dann die Sachen bei ihr in der Küche verarbeiten. Maria stimmt sofort zu, und wir machen uns auf den Weg. Schon von weitem hören wir das Marktgeschrei, die unterschiedlichen Geräusche, die entstehen, wenn viele Menschen beisammen sind. Und das Klappern der zusammengeklappten Tische, der schwungvoll verstauten Kisten beginnt schon, als wir dort ankommen. Zunächst schlendern wir herum, schauen uns das rege Treiben an und mischen uns ganz allmählich unter die Sammler, von denen es eine Menge gibt. Der Markt ist wirklich riesig, und die zurückgebliebenen Sachen reichen für viele. Wir beschließen, dass Maria, die Italienerin, die Besitzer der Stände befragt, ob es in Ordnung wäre, sich hier zu bedienen. Ich überlege, ob ich anbieten sollte, beim Verpacken der Sachen behilflich zu sein, merke jedoch die Hektik und Schnelligkeit der Arbeitenden, die ich wahrscheinlich eher stören würde.

So begnügen wir uns mit dem Einsammeln. Das unsichere Anfangsgefühl löst sich bald auf, und die Tüten füllen sich. Von allem gibt es reichlich, und als wir uns schwer bepackt auf den Rückweg machen, planen wir ein mehrgängiges Menü.

Bei unserem reichen Mahl am Abend, zu dem auch Chris erschienen ist, reden wir Frauen über Verschwendung, über falsche Verteilung und Armut in der Welt. Ich habe in den beiden aufmerksame Zuhörerinnen für meine eigene Vision.

Wenn es kein Geld gäbe, sage ich, könnten wir unsere volle Konzentration in das geben, was wir gerne tun. Wir könnten in die Welt gehen und Menschen helfen, die unsere Hilfe nötig haben, ohne darüber nachzudenken, ob wir dafür bezahlt werden. Wir könnten überall hin reisen, überall leben, alles teilen, was wir teilen wollen, ohne darüber nachzudenken, ob wir es uns leisten können. Wir können mit Menschen kooperieren, die genau wie wir eine bessere Welt haben möchten. Mit ihnen zusammen arbeiten, weil sie dieselben Interessen vertreten. Wir können kreativ sein, in allen Bereichen der Muse, können uns gegenseitig beflügeln und mit Freude unterstützen. Und wir können die Schäden beheben, die in den letzten Jahrhunderten an der Erde, dem Wasser, der Luft geschehen sind. Wir können über alternative Energieversorgung nachdenken, über ein anderes Zusammenleben, in dem auch Schwache und Kranke von allen unterstützt würden. Kranke und Schwache müsste es vielleicht gar nicht mehr geben, weil alle viel zufriedener wären.

In einer geldlosen Gesellschaft ist eine andere „Währung" gefragt. Wir könnten sie einfach Liebe nennen, wobei Liebe die Zusammenfassung aller positiven Gefühle wäre. Wir könnten uns gegenseitig beschenken, wenn uns danach wäre, auch mit Gegenständen oder Dienstleistungen, aber niemand erwartet so etwas. Alles wäre freiwillig und aus dem Augenblick geboren. „So ein Leben ist wunderschön. Ich weiß das, weil ich es schon lebe." schließe ich die Schwärmerei. Es ist ein gelungener Abend und wir „Marktfrauen" beschließen, unsere Aktion zu wiederholen.

Einmal gibt es eine Einladung zu einem Theaterstück in einem kleinen Dorf im Landesinneren. Ich habe die Protagonistin der Solovorstellung auf einem Kongress kennengelernt. Ich werde von einem Ehepaar mit dem Auto abgeholt und stundenlang durch die liebliche Landschaft gefahren. Ich kann die Aussicht genießen, frage mich jedoch nach ein paar Stunden Autofahrt, ob der ganze Aufwand sich lohnte, ja, ob wir nicht schon viel zu spät dran seien. Die Italiener haben einen ganz anderen Umgang mit der Zeit, mit Verabredungen, sind spontaner und sorgloser. Nur ich schaue auf die Uhr, frage nach und werde immer wieder vertröstet. Alles hätte seine Richtigkeit, heißt es und ich kann üben, in die Gelassenheit zu gehen. Nicht ich habe etwas organisiert und muss nun pünktlich erscheinen, nein, ich bin Gast, kann mich einfach nur hingeben. Als es dunkel wird, wir immer noch auf der Straße sind, uns zweimal verfahren haben, lasse ich los, sage mir, dass alles seine Richtigkeit hätte und bin sehr erstaunt, dass sich bei Ankunft in dem Dorf herausstellt, dass die ganze Gesellschaft auf die Gäste aus der Stadt gewartet hat. Sie haben einfach den Anfang der Darbietung verschoben, für mich eine unglaubliche Entscheidung. So unterschiedlich können Völker sein, denke ich. So etwas wäre niemals möglich in Deutschland, wo alles seine Ordnung, seine Richtigkeit, seine Pünktlichkeit hat.

Das Theaterstück findet natürlich in italienischer Sprache statt, und ich bin hoch beglückt, als ich merke, dass ich das meiste verstehe. Das Publikum sitzt draußen auf den Stufen, die um einen hübschen Dorfplatz verlaufen. Das Wetter spielt mit, ein laues Lüftchen umschmeichelt uns, die Schauspielerin läuft zu Höchstform auf. Alles in allem ein gelungener Abend, denke ich, frage mich jedoch, ob ich den weiten Weg auf mich genommen hätte, wenn ich vorher genau darüber Bescheid gewusst hätte. Meine Übernachtung findet im Haus der Schauspielerin statt, wo ich in das schon angewärmte Bett eines der Kinder zu steigen habe. Auch das ist gewöhnungsbedürftig.

Einmal erhalte ich eine Einladung in ein anderes Dorf in den Bergen. Hier wohnt eine deutsche Aussteigerin, die sich eine Idylle in Italien geschaffen hat. Sie hat sich auf einem Bauernhof mit ein paar Tieren niedergelassen. Vier davon sind Lamas, die täglich spazieren geführt werden. Sie brauchen Bewegung, von der sie auf ihrer kleinen Wiese nicht genug haben. So komme ich in den Genuss, das jüngste Lama an der Leine spazieren zu führen. Es ist zwar das kleinste, aber auch das unerzogenste und störrischste von allen, bleibt einfach stehen, bockt. Natürlich habe ich Angst davor, von Maja bespuckt zu werden, habe auch schon zwei eklige grüne Rotzflecken im Fell eines anderen Lamas entdeckt. Mit so etwas möchte ich mich nicht schmücken, lasse mich auch nicht beruhigen durch die erklärenden Worte der Besitzerin, dass Lamas nicht auf Menschen spucken, nur auf ihre Konkurrenten.

Ich bin froh, als der einstündige Spaziergang beendet und wir alle heil zu Hause eingetroffen sind. Stolz bin ich auch, weil ich wieder ein Abenteuer erleben durfte, das mich zum Lachen brachte und nicht mehr wegzudenken ist aus meinem bewegten Leben. Wie viele solcher Erlebnisse habe ich zu verzeichnen. Was andere im Fernsehen verfolgen, erlebe ich aus erster Hand. Was andere manchmal vielleicht in einem Urlaub entdecken, für den sie lange sparen mussten und sich teuer erkaufen, begegnet mir einfach so im Alltag, in dem alles ohne Geld abläuft und in dem die Freude an erster Stelle steht. Was für ein Leben, welche Bewegung.

Die Italiener kennen und lieben zu lernen, hier habe ich viele Möglichkeiten. Als ich auf einer Vortragsreise einmal am Nachmittag in einer kleinen Stadt meine Weisheiten kundtue, geschieht etwas, was meine Tätigkeit unterbrechen lässt. Punkt sechs Uhr, ich bin mitten drin in einem interessanten Gedanken, erhebt sich eine ganze Reihe Frauen und verschwindet. Huch, denke ich, was jetzt, als aus der nächsten Reihe auch ein paar verschwinden. Das bin ich nicht gewohnt. Meistens bleiben meine Zuhörer bis zum Schluss in meinen Veranstaltungen. Sind sie unzufrieden, verärgert, oder was bedeutet das jetzt, frage ich die junge Frau, die mir beim Dolmetschen behilflich ist. „Das hat gar nichts mit dir zu tun", erklärt diese, „sie gehen nach Hause, um das Abendbrot zu bereiten. Das machen sie immer so. Um Punkt sechs ist für sie alles gelaufen." Ich lache schallend los, weil ich so etwas auch noch nicht erlebt habe. Und gerade die

Italiener, die so wenig auf Pünktlichkeit schauen. Oder stimmt das gar nicht? Ist es eine andere Pünktlichkeit, die sie beachten? Spannend finde ich das und lustig. In Zukunft lege ich die Vorträge so, dass um sechs Uhr alles vorbei ist.

21 Die neue Welt

Meine Reisen ins Ausland nehmen inzwischen einen wichtigen Platz in meinem Leben ein, denn auch von anderen Ländern werde ich eingeladen und bin schnell drin in einem neuen Flair, das sich dabei einstellt. Irgendwie fällt etwas an der Grenze von mir ab, dieses Gefühl, dass der Prophet im eigenen Land nicht so viel zählt oder so ähnlich. Österreich gehört zu den Ländern, in denen ich mich bald zu Hause fühle. Beim ersten Mal werde ich eingeladen von Helga, einer allseits beliebten Moderatorin aus dem Fernsehen. Die Show weist ähnliche Züge auf, die ich aus dem deutschen Fernsehen schon kenne. Mein Lampenfieber hält sich in Grenzen und ich mache einen guten Eindruck, was ich später aus den Mails der Zuschauer entnehmen kann. Untergebracht bin ich diesmal in einer kleinen Wohnung, die mir eine bis dahin Unbekannte angeboten hatte, die mit mir in Mail-Kontakt stand. Das Angebot, mich an sie zu wenden, falls es mich mal in die Stadt führen sollte, habe ich einfach angenommen.

Ich treffe mich mit Christine am nächsten Tag, werde von ihr zum Essen eingeladen und erhalte den Schlüssel für die kleine Ferienwohnung. Ich bin immer wieder erstaunt über die Großzügigkeit und das Vertrauen der Menschen, das mir entgegengebracht wird. Als Dank hinterlasse ich einen Brief, eine Danksagung sozusagen und erfahre viel später, dass dieser Brief für Christine mehr war als alle Bezahlung mit Münzen. Auch das erstaunt mich, dass die Werteverschiebung allmählich sichtbar wird. Waren früher die Brötchen auf der Geberseite die Hauptsache, verlieren sie an Gewicht, ja, machen den Weg frei für die Werte auf der anderen Seite. Die Dankbarkeit und Liebe, erfahren mehr und mehr Anerkennung und öffnen Türen für den neuen Umgang.

Das zweite Mal werde ich eingeladen vom Tauschring der Stadt. Ich halte meinen Vortrag und übernachte bei einer Teilnehmerin des Tauschrings, die mir auch bei späteren Besuchen ein Bett zur Verfügung stellt, ohne jegliche Berechnung. Eine Überraschung erfahre ich bei dem Tauschringtreffen außerdem. Rudi, ein leicht sehbehinderter Mann erscheint, um Mitglied im Tauschring zu werden und bietet mir an, mit auf seinem Erste-Klasse-Zugticket durch die Lande zu fahren. Er liebt nämlich Zugfahrten, aber langweilt sich alleine und fühlt sich unsicher. Aufgrund seiner Behinderung darf er eine Begleitperson auf seinen Reisen kostenfrei mitnehmen. Ich bin seine erste Begleiterin. So kommt er selber in Orte, wo er noch nie war und hat dafür gute Unterhaltung. Für beide Parteien ein Gewinn, denn er lernt interessante Menschen kennen, und die unterschiedlichen Begleiter sind sehr zufrieden, weil sie bequem in der ersten Klasse reisen. Rudi verlässt seine Einsamkeit, in die er geraten war. Er vermittelt auch schon mal zwischen seinen Reisebegleitungen. Er lernt beispielsweise auf dem Hinweg jemanden kennen, der eine Wohnung zu vergeben hat, und auf dem Rückweg eine Frau, die eine Wohnung sucht. Oder jemand hat einen Arbeitsplatz zu vergeben, für den wenig später sich der Rückfahrer bewerben kann aufgrund Rudis Vermittlung. Rudi, der durch sein Augenleiden immer mehr auf dem Rückzug gewesen war, hat sich geöffnet mit dieser wunderbaren Idee, die sogar von den Schaffnern im Zug willkommen geheißen wird.

Genau so stelle ich mir die Eigeninitiative der Menschen vor. Sie entdecken eine Lücke für etwas und beginnen mit dem Ausbau. Bei den Tauschringen könnte jemand z.B. mit seinem Einsatz für Gartenarbeit alles abdecken, was er braucht, sogar Freundschaft. Durch seine Mithilfe im Garten kann sich nicht nur ein neuer Lebenssinn ergeben sondern konkret auch Auseinandersetzung mit den anderen, Lebendigkeit und Abenteuer.

Für mich ist es so in meinem eigenen Leben. Zwar sieht es manchmal so aus, als würde ich nur nehmen, z.B. die Fahrten mit Rudi, aber während der Reise gibt es auch echten Austausch. Rudi berichtet von seinem

Leben, und ich nehme Stellung, frage nach, ergänze, lasse mich ein. Mit meiner Offenheit und Neugierde für den anderen öffne ich Türen in ein neues Bewusstsein. Auch ich lerne meine eigenen Gaben immer mehr zu schätzen, wodurch das Geben und Nehmen gewährleistet ist. Niemand braucht länger darüber nachzudenken, sondern die Dinge geschehen einfach.

In Österreich finde ich meinen Lesestoff, denn dort habe ich einen Bücherschrank entdeckt, der einfach so auf einem Bürgersteig herumsteht und die Passanten geradezu auffordert, in ihm herumzustöbern, wovon reichlich Gebrauch gemacht wird. Hier kann abgegeben werden, was nicht mehr gebraucht wird und genommen, was interessiert, ohne jegliche Abrechnung, alles kostenfrei. Wie von Geisterhand scheint das gute Stück betreut, denn hier gibt es weder Namen noch Telefonnummern. Nur einmal entdecke ich einen Brief, gerichtet an den Herrn mit den weißen Haaren und der großen Reisetasche. Er möge doch bitteschön aufhören, sich mit so vielen Büchern einzudecken. Das sprenge den Rahmen und sei nicht so gedacht. Ansonsten kann hier jeder frei schalten und walten, denn auch meine Vorstellung geht dahin, dass ohne Kontrolle die Menschen sich einlassen, sich öffnen für eine Geber-oder Nehmerstimmung oder beides zusammen.

Hier scheint die Alternativszene größer zu sein als in anderen Städten, die Menschen offener für das Neue als anderswo, denn von allem gibt es genug, mehrere Tauschringe, Läden, in denen Dinge kostenlos zur Verfügung gestellt werden, einen zweiten Bücherschrank auf einem anderen Bürgersteig und zahlreiche Kleinkunstgruppen.

Einmal erhalte ich eine Einladung zu einem Theaterstück. Es heißt „Marie übt Anarchie" und wird aufgeführt von einer talentierten Schauspielerin auf einer Kleinkunstbühne. Ich bin begeistert, handelt es sich doch in diesem Stück um eine Marie, die das Geld für sich abschafft und über die Absurdität und Umständlichkeit des Umgangs mit Geld in der heutigen Gesellschaft philosophiert. Das könnte glatt ich sein, denke ich und bin erstaunt über die vielen Parallelen in dem Stück und meinem eigenen Leben. Von der Schauspielerin erfahre ich, dass das Stück unabhängig von mir geschrieben wurde. Wie kann das sein, frage ich mich. Ich höre etwas über die morphogenetischen Felder, über die im letzten Jahrhundert von unterschiedlichen Biologen und Physikern geforscht wurde. In einer Hypothese wird behauptet, dass jedes sich selbst organisierende System ein Ganzes ist, das aus Teilen besteht, die wiederum Ganze auf einer tieferen Ebene sind. Auf jeder Ebene verleiht das morphische Feld jedem Ganzen seine charakteristischen Eigenschaften und bewirkt, dass es mehr ist als die Summe seiner Teile.

Nataha greift erklärend ein: „Denk einmal an die Erfindungen aus den letzten Jahrhunderten. Beinahe zeitgleich tauchten in unterschiedlichen Ländern ähnliche Erfindungen auf. Manchmal wurde jemand als Plagiator verschrien, obwohl die Erfindung aus seinem eigenen Kopf geboren wurde. Oder eine Idee verbreitet sich in Windeseile. Das hat mit den morphischen Feldern zu tun und eurer Verbindung miteinander. Wenn eine Idee reif ist für die Welt, taucht sie überall auf. So langsam wird die Welt reif für die Geldlosigkeit. Dieses Theaterstück gehört dazu. Dass die Protagonistin auch noch deinen Namen trägt, ist ein Zufall, wobei du ja weißt, dass es keine Zufälle gibt. Nichts geschieht einfach so, alles ist eingebettet in das große Ganze. Aber das habe ich ja schon an anderer Stelle gesagt. Es passt meistens und erfreut mich sehr. Eure Welt hat noch einiges zu bieten. Lass dich überraschen und freu dich dran." Die Seite „Moneygoodbye" im Internet stammt auch aus Österreich. Georg, ein politisch engagierter Mann hat beschlossen, dass Ende 2012 das Geld auf der Erde abgeschafft wird. In einem längeren Text erklärt er, warum das so sein müsse und geschehen würde. Er sammelt Unterschriften für eine Volksabstimmung weltweit. Allerdings geht die Unterzeichnung nur langsam voran, wahrscheinlich weil die Zeit noch nicht ganz reif ist.

In der Schweiz erfahre ich ein lustiges Abenteuer. Ich bin eingeladen von einer Gruppe Priester, die sich in einer Klausurwoche über die Zukunft der Welt und der Kirche darin Gedanken machen wollen. Aus der Teilnehmerliste sehe ich, dass es sich meist um Männer handelt, die sich dort treffen. Nur drei Frauen sind dabei.

Dreimal muss ich umsteigen. Beim letzten Umstieg soll ich auf die

Priester stoßen und mit ihnen zusammen den Rest des Weges erledigen. Die Umsteigezeit beträgt nur fünf Minuten. Das wird wohl kein Problem, denn ich werde ja wohl zwanzig Priester erkennen. Ich erwarte alte Männer in schwarzen Talaren, ich kann allerdings keinen einzigen entdecken. Die Männer, die einsteigen, sehen alle ganz normal aus. Nataha muss einspringen, um mir zu zeigen, wo ich meine Gruppe finde. „Steig in diesen Waggon ein", sagt sie. „Nein, nicht nach rechts, gehe bitte nach links", fährt sie fort. „Noch ein Stück. Stopp, setz dich hierher". Solche Hinweise habe ich schon häufig durch Nataha erfahren. Als ich zu Beginn meiner kostenfreien Reiserei angewiesen war auf großzügige Menschen mit einem Zugticket für mehrere Personen, konnte ich mich auf Natahas Hilfe verlassen. Diese schickte mich durch die Abteile und verwies mich an die richtigen Menschen. Es ging ja nicht nur darum, dass die anderen ein Mehrpersonenticket hatten, sie mussten auch offen sein für mich und meine Geschichte. Auf diese Weise geriet ich immer an den rechten Platz, konnte mich ganz und gar auf Natahas Führung verlassen. Wie auch jetzt. Ich nehme den freien Platz am Fenster ein und schaue mich um. Neben mir sitzen eine Frau und ein Mann, die sich angeregt unterhalten. Hinter mir höre ich ein paar sehr junge Männer über Gott und die Welt philosophieren. Sollte es möglich sein, dass diese salopp gekleideten jungen Männer und Frauen zu mir gehören? Ich spitze meine Ohren und stelle fest, dass die Themen um mich herum alle mit Gott zu tun haben. Da wage ich einen Vorstoß. „Entschuldigung", wende ich mich an die Frau. „Heißen Sie zufällig Ruth?" „Ja, woher wissen Sie das?" fragt diese zurück. „Ich bin auf dem Weg zu einer Gruppe, in der drei Frauen mitmachen, sie alle heißen Ruth", erkläre ich. Schallendes Gelächter der Anwesenden eröffnet eine angenehme schöne Woche, in der intensiv in kleinen Gruppen gearbeitet wird. Mein Vortrag wird sehr geschätzt und ernst genommen von den Kirchenleuten, und am Ende der Woche fühlen sich alle bereichert.
Auch die Woche auf dem Engelsberg in der Schweiz fühlt sich gut an. Die Gruppe hier ist bunt gemischt. Außer ein paar Priestern gibt es interessierte Frauen und Männer, die sich ernsthaft mit den Strukturen der Weltordnung, mit dem Einsatz und der Abschaffung des Geldes beschäftigen.

Alle zeigen sich in den Gesprächen tolerant und aufgeschlossen. Sollte das ein Markenzeichen für die Schweizer sein? Oder sind das schon erste Ausläufer für eine neue Welt, überlege ich. Niemand will sich in den Vordergrund spielen. Niemand weiß besser als der andere, was richtig oder falsch ist. Alle werden toleriert, auch ich darf mich frei äußern ohne Angriffe von irgendwem oder Zurechtweisungen, wie ich das oft erfahre. Nein, hier sind alle aufmerksam füreinander, teilen sich ihre Gedanken vorbehaltlos mit und lauschen auf die anderen. So ein Miteinander fühlt sich gut an. Da die Verpflegung, die Unterbringung und das ganze Drumherum kostenfrei ist, fühlt es sich wirklich schon nach ein wenig neuer Welt an.

22 Der Umgang miteinander in der neuen Welt

Was sollte denn das Wichtigste in einer neuen Welt sein? Der Umgang miteinander spielt darin eine große Rolle und das Vertrauen ins Leben. Der Mensch müsste sich als Teil des Ganzen fühlen, seine Individualität auflösen und im Fluss des Lebens mit schwimmen. Er müsste sozusagen ein Stück Natur werden. Bedeutet das nicht eine Rückkehr zu den Zeiten, in denen der Mensch noch unbewusst lebte? Sicherlich waren die Steinzeitmenschen genauso Natur wie die Tiere um sie herum.

Wir sollten doch stolz sein auf die Entwicklung, die wir als Menschheit gemacht haben und uns nicht in alte Zeiten zurücksehnen. Oder ist es auch gar kein Rückschritt sondern ein Fortschritt in etwas Neues? Für mich fühlt es sich ganz neu an, denke ich. Nataha muss es erklären. „Die Individualisierung war schon wichtig für die allgemeine Entwicklung, für das Wachwerden, die Besinnung. Aber ihr dürft nicht stecken bleiben in etwas, was auf Dauer nicht gut tut. Die Individualität grenzt euch voneinander ab, entfremdet euch, wenn ihr nicht den Schritt zurück in die Gruppe schafft. Mit dem jetzigen Bewusstsein, mit der Klarheit über euch selbst und den anderen könnt ihr aufeinander zugehen, ohne befürchten zu müssen, dass ihr überrollt werdet." Hier macht Nataha eine Pause. Und ich kann meine eigenen Gedanken dazu einbringen.

„Weißt du, es klingt so leicht, wenn du sagst, dass unsere Klarheit und unser Bewusstsein groß genug ist für den anderen Umgang miteinander. Aber ich merke doch immer wieder, wie ich zurückfalle in alte Verhaltensweisen, obwohl ich schon so viel an meinem Bewusstsein arbeite. Manchmal erwische ich mich dabei, wie ich jemand anderem versteckt etwas überstülpe, eine leichte Verurteilung in mir ist, die ich gar nicht mehr haben möchte. Das Urteil vieler, dass es keine Veränderung in der Welt geben könne, weil der Mensch nicht mitspielt, verunsichert mich in solchen Fällen. Wie gern würde ich aus vollem Herzen an die Evolution glauben, daran, dass wir es schaffen, zusammen eine bessere Welt zu schöpfen."

„Diese Verunsicherung, die du in dir entdeckst, soll dir nur helfen, die anderen noch besser zu verstehen. Wenn du zu schnell wächst, entfernst du dich zu weit von den anderen, kannst ihre Not nicht nachvollziehen und schwebst ihnen davon. So geht das nicht. Sicher hast du schon gemerkt, dass dein Gefühl für die anderen sich in den letzten Jahren stark verändert hat. Die Diskrepanz zwischen Lehrerin und Schüler hebt sich so langsam auf. Du verlässt die Dualität, pendelst dich ein in einer harmonischen Mitte, bist Teil einer Menschheit und nicht länger einer Berufsgruppe oder Zugehörigkeitsschicht. Dieser Schritt ist nicht einfach, und du kannst stolz darauf sein, ihn gegangen zu sein. Dass du dann und wann zurückfällst in alte Muster, erinnert dich nur daran, Teil des Ganzen zu sein" tröstet Nataha.

„Ja, aber diesmal passt es wirklich! Also es wird doch gesagt, dass jeder Mensch das anzieht, was ihm entspricht, also z.B. Menschen, die auf einer Entwicklungsstufe mit ihm stehen. So müsste es doch immer leichter werden und die Gleichgesinnten sich gegenseitig unterstützen. Bei mir geschieht aber was ganz anderes. Die Angriffe meiner Mitmenschen hören nicht auf. Ich werde immer noch des Öfteren – nach so vielen Jahren – verurteilt, beschimpft, verachtet. Allerdings muss ich sagen, dass sich gleichermaßen der Thron erhöht, auf den ich von meinen Bewunderern gesetzt werde. Was hat das denn zu bedeuten?" erkundige ich mich.

„Vor einem Evolutionssprung zeigen sich die Polaritäten in besonderer Weise, das Hell und Dunkel, das Gut und Böse. Dadurch erscheint alles wie durch eine Brille des Chaos. Bevor ihr euch in der Mitte einpendeln könnt, ziehen alle Möglichkeiten an euch vorbei, verunsichern euch, so wie du das gerade erlebst. Eine kleine Hürde musst du noch nehmen für den Sprung in eine Sicherheit, in die Gewissheit, dass deine Botschaft für alle bestimmt ist und nicht nur deine eigene kleine Welt präsentiert."

„Danke, liebe Nataha, dass du das sagst. Ich leide in letzter Zeit etwas darunter, dass ich von vielen in eine Schublade gesteckt und verurteilt werde mit der Aufschrift: Egoistin. Mein Leben lang verfolgt mich dieses „Schimpfwort", was ja keins ist, aber so gehandelt wird. Wehe, du wagst, dein eigenes Ding durchzuziehen. Dann bist du eine Egoistin, die über Leichen geht, der egal ist, wo die anderen stehen. Du wirst verurteilt. Wie viele Menschen halten mich immer noch für eine Schnorrerin, die auf Kosten anderer lebt! Manchmal steht es mir bis oben hin. Ich habe keine Lust mehr darauf! Aber meine Botschaft ist mir so wichtig, dass ich es weiterhin ertragen kann. Die Botschaft heißt ja: Dieses System hat ausgewirtschaftet. Wir brauchen etwas Neues! Weg von den Ungerechtigkeiten, von der Ausbeutung, der Misshandlung, hin zu Gleichstellung, Akzeptanz und Gleichberechtigung. Dafür stehe ich mit meinen Erkenntnissen und meinen Handlungen."

„Ja, und du wirst unterstützt von uns aus der geistigen Welt. Wir helfen dir, auf dass du weiter machen kannst, der Welt erklärst, wie ein Umdenken in kleinen Schritten geschehen kann. Du bist schon so viel stärker geworden als zu Beginn deiner Reise. Da hast du einen wirklich großen Schritt gemacht. Herzlichen Glückwunsch", gratuliert Nataha. „Etwas musst du mir noch erklären, was ich ganz und gar nicht verstehe", hake ich nach. „Warum sehen meine Widersacher nicht die Schmarotzer in den Reichen, in den Erben von Besitztümern, die niemand besitzen dürfte, weil sie einfach allen gehören müssten, z.B. Ländereien, Wälder, Seen oder was es da noch gibt. Warum klagen sie nicht an, was mit der Geldvermehrung momentan geschieht. Es sind doch die unglaublichsten Dinge. Z.B. dass jemand überhaupt nicht arbeiten muss, weil das Geld für ihn arbeitet, weil die Zinsen seinen Reichtum in jeder Minute vergrößern. Warum wird nicht erkannt, dass das Geld, das zu diesem Reichen fließt, woanders abgezapft wird und andere in größte Armut bringt. Ich kann nicht verstehen, warum dieser Wahnsinn einfach hingenommen, nichts hinterfragt wird, dafür auf der anderen Seite ich mit meinem Ansatz nicht gut ankomme. Warum versperren sich die Menschen so gegen jede Veränderung auf der Welt?"

„Es ist die Angst, die schreckliche Angst vor allem Neuen, die die Menschen drangsaliert. Denke mal an deine eigenen. Wie lange hast du gebraucht, um die ersten Schritte in die neue Richtung zu machen. Lass den anderen die Zeit und nimm vor allem nichts persönlich. Du verkörperst für sie etwas, kannst stolz sein, dass du andere in die Bewegung bringst, auch wenn es gegen dich zu sein scheint. Sie erbosen sich und verlieren in dem Moment ihre Starre. Es ist gar nicht so, dass sie nicht die Ungerechtigkeiten und Absurditäten in dem jetzigen System empfinden. Im Gegenteil, sie erkennen genügend Störungen, erleben die Reichen jedoch als stark und überlegen, präsentieren diese doch die geheimsten Wünsche. Auch sie würden gern reich sein, sich alles leisten können. Frage einmal Schulabgänger in der westlichen Welt, was ihre Lebensziele sind, dann wirst du hören: Finanzieller Reichtum, Besitztümer wie Haus mit Garten, ein Auto oder auch mehrere, kaum jemand wird sagen: Erleuchtung oder Bewusstseinserweiterung! Es sind die Vorstellungen, die im Wege stehen und die Welt ins Ungleichgewicht stürzen. Aber- und hier sind wir wieder bei den Polaritäten, auf der anderen Seite spüren schon sehr viele Menschen, viel mehr als noch vor ein paar Jahren, dass irgendetwas nicht in Ordnung ist. Zwar verändern sie noch nicht ihre Zielvorstellungen, halten fest an den alten Werten, sind jedoch schnell in Bewegung zu bringen, und sei es gegen dich oder die anderen Weltverbesserer. Kannst du damit leben?"

„Ja, damit kann ich leben, zumal ich sehe, wie viele Gruppen es schon gibt, die etwas anders machen möchten in der Welt, wie viel Millionen von Menschen schon mitspielen. Die Polaritäten schwanken zurzeit so sehr. Wenn du jedoch erklärst, dass es so vor einem Quantensprung ist, nehme ich das gern in Kauf. Danke, liebe Nataha, für deine Erklärungen, die mir helfen und mir so gut tun."

Als Nataha verschwunden ist, überlege ich, wie es weitergehen soll, was als nächstes dran ist. Inzwischen habe ich herausgefunden, dass für die neue Welt das Miteinander einen ganz besonderen Stellenwert einnimmt. Ich weiß, dass dazu die Selbsterkenntnis eine Rolle spielt, das Wissen um die eigenen Qualitäten, Fähigkeiten, Talente, aber auch um die Schwächen, die Mängel. Wenn wir um unsere Schwächen wissen, müssen wir nicht gegen sie an kämpfen, müssen nicht beweisen wollen, wie gut wir auf einem Gebiet sind, das uns gar nicht liegt. Wir können diese Schwächen zugeben, uns vielleicht sogar Rat von jemandem holen, der auf diesem Gebiet seine Stärke hat, ohne in Konkurrenz gehen zu müssen. Dieses Wissen bringt eine Leichtigkeit in den Alltag, auch eine Freude, weil die Schwere von uns einfach so abfallen kann, sinniere ich. Ich denke dabei an eine Arbeitsstelle, die ich vor langer Zeit einnahm. Damals arbeitete ich mit einer Kollegin zusammen, die ganz besonders gut im Strukturieren, im Zuordnen und Katalogisieren war, für mich ungeliebte Aufgaben, die ich nicht gern verrichtete. Ich führte lieber Gespräche mit den Klienten, bereitete Feste vor, Aktionen für den Alltag, was meiner Kollegin gar nicht lag. Obwohl wir für dieselbe Tätigkeit bezahlt wurden, teilten wir uns die Arbeit so auf, dass jede in ihrem Element war und wir uns wunderbar ergänzten.

Ein Fernsehfilm, der mich bis ins Herz berührt, passt genau in dieses Thema. ‚The straight story, eine wahre Geschichte‘ heißt er, kommt aus Amerika und erzählt eine wahre Begebenheit. Ein 73jähriger Rentner, Alvin Straight, der halbblind und mit Krücken durchs Leben geht, beschließt, seinen seit zehn Jahren mit ihm entzweiten Bruder aufzusuchen, der einen Schlaganfall hatte, um sich mit ihm zu versöhnen. Da Alvin nicht mehr Auto fahren darf wegen seiner kranken Augen, wählt er einen elektrischen Rasenmäher als Fortbewegungsmittel, für den er keinen Führerschein braucht, der ihn jedoch langsam vorwärts bringt. Die Dorfbewohner, die regen Anteil nehmen an Alvins Absichten, an seinen Vorbereitungen für die lange Reise, schütteln ihre Köpfe über diesen Wagemut.

Die meisten sagen ein Scheitern voraus für die Aktion, was Alvin keineswegs abbringt von seinem Vorsatz. Auch das Versagen des ersten Rasenmähers und die Rückkehr in sein Dorf lassen ihn nicht umdenken. Mehrmals wird der Dickkopf des Hauptprotagonisten angesprochen. Er kennt sich gut aus in seiner Gefühlswelt, weiß, was er will und was gut für ihn ist und lässt sich von niemandem verunsichern. Für die 500 Kilometer braucht er mehrere Wochen. Seine Abenteuer auf dem Weg erscheinen irgendwie alltäglich, kleine Episoden, berühren jedoch tief im Innern bei Einlassen auf die stillen Bilder. Alvins Geschichte, so einfach wie sie rüberkommt, zeigt, wie wichtig eine Person sein kann dort, wo sie agiert. So trifft er eine junge Frau, die von zu Hause weggelaufen ist, weil sie sich von allen ungeliebt fühlt. Sie erzählt dem Fremden am Lagerfeuer ihre Geschichte. Auch Alvin lässt sich ein, hört genau zu, gibt weder weise Ratschläge noch Überredungsmanöver sondern erzählt aus seinem eigenen Leben, von seiner eigenen Familie. Bevor er in dem selbstgebauten Hänger, den er dem Rasenmäher angehängt hat, schlafengeht, erzählt er eine Metapher: nimmst du ein Hölzchen und versuchst es zu brechen, hast du damit keinerlei Probleme. Bündelst du jedoch mehrere Hölzchen, lassen die sich nicht brechen. Das ist für mich die Familie, sagt er und zieht sich zurück. Als er frühmorgens zu ihrem Übernachtungsplatz kommt, ist sie verschwunden, hat jedoch ein paar Holzstücke zu einem Bündel verschnürt. Alvin weiß, dass sie zurückgekehrt ist zu ihrer Familie.

An einem Ort tauscht er mit einem anderen Rentner Kriegserlebnisse aus. Beide waren im zweiten Weltkrieg gewesen. Der fremde Mann weint herzzerreißend bei der Schilderung über den Verlust seiner Kumpel durch eine Bombe. Alvin hört es sich an und hat dazu ein Pendant, allerdings mit einem eigenen Schuldbekenntnis. Er erzählt seine Geschichte, die schon solange her ist, die er noch niemandem mitgeteilt hat, weil er sich dafür so sehr schämt. Aus Versehen hat er nämlich einen Soldaten aus den eigenen Reihen erschossen, der allgemein beliebt war und um den sehr getrauert wurde. Damals traute er sich nicht, zuzugeben, dass er der Schütze war. Dieses Geheimnis belastete ihn sein Leben lang. Und jetzt gelingt ihm mit diesem fremden Menschen eine Heilung. Durch ihre

Öffnung füreinander heilen sie sich gegenseitig. Auch die anderen Begegnungen tragen diese Tiefe, und ich spüre bei Filmende nach, worin ihre Bewegtheit besteht. Es ist die Einfachheit dieses Mannes, der überall dort, wo er ist, ganz da ist, sich öffnet für die anderen und so eine Möglichkeit für sie bietet, dass auch sie sich öffnen. Sie spüren sein Wohlwollen, sein Verständnis, müssen sich nicht schützen gegen etwaige Vorurteile. So eine Welt täte uns allen gut, denke ich und freue mich darüber, dass ich selbst meistens in so einem Miteinander stecke.

23 Polaritäten

Nach langer Zeit hüte ich wieder ein Haus. Ich hatte mir gewünscht, mal länger irgendwo sein zu können, um Zeit zu haben für meine Texte und für meinen Rückzug. Die Tauschringmitglieder, bei denen ich nach meinem Vortrag unterkomme, teilen mit, dass sie im Sommer meist auf dem Wasser in ihrem Segelboot verbringen. Das machten sie schon seit 30 Jahren so. Ich hake nach, erkundige mich, wer für das Haus und die Aufgaben drum herum sorgen würde. „Das tun unsere Nachbarn, die auch beim Tauschring sind und sich mit dieser Gefälligkeit ihre Pluspunkte holen. Sie leeren den Briefkasten, gießen die Blumen und schauen nach dem Rechten. Dafür können sie sich später die Haare schneiden lassen, Autofahrten in Anspruch nehmen u.a. Besser wäre es natürlich, wir hätten jemand, der während unserer Abwesenheit das Haus bewohnen würde, aber leider haben wir noch niemanden dafür gefunden", erklären sie. „Das kann sich ändern", schlage ich vor. „Ich habe gerade Zeit und würde gern diese Tätigkeit übernehmen." Schnell kommen wir überein, dass ich in einem Monat wiederkomme, um dann für drei Monate zu bleiben. Den Nachbarn ist das gar nicht recht, denn nun verlieren sie ihre Quelle für die Pluspunkte. Dafür strafen sie mich mit ihrem vollständigen Rückzug, wollen nichts mit mir zu tun haben. Damit muss ich leben.

Als nach einer Woche der Kühlschrank leer ist, suche ich nach Quellen für meine Versorgung. Als erstes fällt mir der Bioladen ein, der vielleicht bereit ist, in einen Tausch mit mir zu gehen, so wie ich das schon in ein paar Städten vorher geübt hatte. In dieser Stadt klappt das nicht, weil der Bioladen seine überschüssigen Lebensmittel an andere weitergibt. Als nächstes denke ich an die Märkte, von denen es einige in der Umgebung gibt. Aber ganz anders als in Italien geht es hier vor sich. Die Stände sind gepflegt, und kein Überschuss zeigt sich am Ende des Tages. Nur Verschimmeltes und Verfaultes wird weggeworfen, alles andere wird für den nächsten Verkaufstag aufbewahrt. Was nun? Für die Lichtnahrung bin ich nicht bereit, möchte Knackiges zwischen die Zähne bekommen, aber woher?

Bei einem ersten Treffen mit Monika, einem Tauschringmitglied, die sich zu einem Kochtermin mit mir eingelassen hatte, schildere ich mein Dilemma. „Kennst du die Tafel schon?" fragt Monika und beschreibt die Einrichtung in der Stadt, die überschüssige Ware von verschiedenen Läden zusammenholt und weitergibt an Menschen, die sich ausweisen müssen für ihre Bedürftigkeit. Natürlich habe ich von diesen Einrichtungen gehört, sind sie doch in vielen Städten verbreitet. Aber ich hatte bislang meine Vorbehalte, weil ich mir ein Zweiklassensystem vorstellte, das aus Bedürftigen auf der einen Seite und Ehrenamtstätigen auf der anderen Seite bestehen würde. Damit wollte ich nichts zu tun haben, hatte es bis jetzt ja auch nicht nötig gehabt. Nun blieb mir nur diese eine Möglichkeit. Nach dem Kochen bringt Monika mich zur Tafel, die auch an diesem Tag geöffnet hat. Ein paar Frauen sortieren Ware, sind emsig bei der Arbeit und offen für mich. Sie kennen mich aus dem Artikel, der vor einem Monat in ihrer Tageszeitung erschienen war. Zufällig ist auch gerade die erste Vorsitzende des Vereins im Haus, die darüber verfügt, wer hier arbeiten darf. An einem Tag der Woche ist eine Hilfskraft ausgefallen, für die unbedingt Ersatz nötig ist. „Was für ein Zufall", bemerkt die erste Vorsitzende, als sie mich einteilt für die neue Arbeit.

Überaus glücklich verlasse ich den Ort, vollgepackt mit Ware, die ich gerade bitter nötig hatte und die mir von den Frauen zugesteckt wurde, obwohl ich noch gar nichts dafür getan habe. Erst am nächsten Tag beginnt mein neuer Job, zu dem ich mit dem Fahrrad fahre, das mir die Hausbesitzerin im vorab angeboten hatte. Eigentlich hatte ich dieses Angebot nicht annehmen wollen, war ich doch schon seit Jahren nicht mehr Rad gefahren. Mein neues Domizil ist jedoch so weit entfernt von allem, eben auch von der Tafel, dass es gar nicht anders geht. Und tatsächlich geschieht mir bei der ersten Rückfahrt, bei der die Körbe am Rad hinten und vorn vollgeladen sind, das, wovor ich am meisten Angst hatte. Ich stürze, Tomaten und Äpfel rollen auf die Straße, und die erschrockene Autofahrerin hinter mir hält sofort, sammelt meine Schätze in die Körbe und erkundigt sich nach dem körperlichen Befinden. Außer einem Schreck und einem Schmerz am Oberschenkel habe ich nichts abbekommen. Ich kann aufstehen und weiterfahren. Die Stelle am Oberschenkel färbt sich später grün und blau, zwingt mich zu einem Nachdenken über die Situation. Ich war gestürzt, weil ich die Ampel für Fahrräder, die gerade auf Rot stand, nicht bemerkt hatte. Wäre ich dem Impuls gefolgt, die Straße einfach zu überqueren, ohne mich umzuschauen, wäre ich wahrscheinlich von dem Auto hinter mir erfasst worden, eine schreckliche Vorstellung. Dieser Sturz hatte mir sozusagen das Leben gerettet, weil er sich auf dem Fahrradweg abspielte. Und er bringt mich noch einmal in die Auseinandersetzung mit der Angst.

Meine Angst vor einem Sturz mit dem Rad beherrschte mich, weil ich vor Jahren schon einmal einen erlebte, der mir sehr zugesetzt hatte. Damals musste ich anschließend drei Wochen das Bett hüten, konnte die Schmerzen nur mühselig aushalten und hatte mir vorgenommen, ein Rad nicht so schnell wieder anzurühren. Das war vor zehn Jahren gewesen. Jetzt hatte die Angst meine Gedanken geleitet. Ich konnte nicht abschalten, spürte dieses störende Gefühl in jeder Faser meines Körpers. Schon auf der Hinfahrt hatte es mich begleitet. Aufgeatmet habe ich, als ich heil angekommen war. Eigenartigerweise wusste ich, dass ein Unfall nicht ausbleiben würde, weil ich ja wusste, wie Körper, Seele und Geist zusammen arbeiten.

Nach dem glimpflich verlaufenen Sturz atme ich auf. Jetzt bin ich frei für neues Denken, sage ich mir. Meine schlimmen Vorahnungen haben sich erfüllt! Ich bin glücklich, dass ich noch am Leben bin und will nun ins Positive gehen. Mir fällt ein, wie gern ich als Kind und Jugendliche Rad gefahren bin, wie sicher ich war. Ich denke an meine Radtouren, die ich damals gemacht hatte, auch später mit meinen Kindern zusammen. Wie war das schön, erinnere ich mich. Was für eine wunderbare Erfindung ist das Fahrrad! In Zukunft will ich es schätzen und mich daran freuen. Von Woche zu Woche gelingt mir eine größere Sicherheit und Freude mit dem Fahrrad.

Über die Angst spricht Nataha noch einmal mit mir. „Diesmal bist du deiner Angst ausgeliefert gewesen, konntest nicht umschalten. Das dient dir wieder einmal für das größere Verständnis für deine Mitmenschen, von denen viele angstbesetzt sind, ohne etwas dagegen tun zu können. Verständnis für andere zu haben, ist so wichtig für euch! Du hast ja schon von der Selbstprophezeiung gehört, die du diesmal bedient hast. Viele Menschen erleben sie, ziehen das Übel mit ihren Gedanken an, können nicht anders. Dabei gibt es gerade in der wissenschaftlichen Forschung eine Erkenntnis, die besagt, dass das menschliche Gehirn sich verändern kann, eine Behauptung, die noch vor Jahren vehement abgestritten wurde von sämtlichen Wissenschaftlern. Jetzt haben sie herausgefunden, dass durch Übung neue Transmitter im Gehirn entstehen können, die sogar Krankheiten wie Zwangsneurosen, Schizophrenie oder Traumata abbauen können. Deine eigene Erfahrung mit der Angst hat dich bestärkt in deiner Sichtweise, die du ja schon lange vertrittst. Herzlichen Glückwunsch!" Damit verabschiedet sie sich und überlässt mich meiner Freude über die neuen Erkenntnisse.

Nun fühle ich mich beflügelt, wenn ich aufs Rad steige, genieße meine Fahrten sogar bei leichtem Nieselregen und fühle eine Freiheit und Beweglichkeit. Bei der Tafel erlebe ich, wie verantwortungsbewusst die Frauen mit ihrer Aufgabe umgehen, wie großzügig sie sich den „Kunden" gegenüber verhalten und alles tun, um sich nicht über sie zu erheben. Auch sie dürfen sich Lebensmittel mitnehmen, was ich als gerecht empfinde. Für mich selbst gibt es häufig kleine Wunder. Da in meinem Haushalt so nach und nach vieles aufgebraucht wird, was doch erneuert werden müsste, z.B. das Toilettenpapier, das es normalerweise bei der Tafel nicht gibt, erlebe ich während meiner Arbeitszeit die eine oder andere Überraschung. Ich bin ja gespannt, wo neues Toilettenpapier herkommen wird, denke ich auf meinem Weg zur Arbeit und was ist? Zum ersten Mal gibt es zwei Lagen davon, die sogar aufgerissen sind, so dass ich mir zwei Rollen herausnehmen kann. Oder die Gesichtscreme. Eine Freundin hatte mir eine Dose Nachtcreme geschenkt und dazu bemerkt, dass sie eigentlich die Tagescreme nachreichen müsse, was ich jedoch nicht zulasse. Noch nie habe ich bei der Tafel Kosmetikartikel gesehen, kann mein Glück kaum fassen, als es diesmal zwei oder drei Töpfchen Tagescreme gibt, von denen ich mir eins nehme. Diese Extrageschenke erfreuen mich besonders, weil dadurch der Energiefluss ins Strömen kommt und meine Glückshormone erhöht.

Als meine Zeit abgelaufen ist und ich meinen letzten Arbeitstag ankündige, wird mir mitgeteilt, dass nun die ausgefallene Hilfskraft wieder bereit ist, meinen Platz einzunehmen. „Was für ein Zufall" ist der Kommentar, worüber ich lächel, weil ich wieder einmal die „himmlischen Gesetze" wahrnehmen kann.

Zu den Arbeiten, die ich in dem Haus, das ich hüte, verrichten muss, gehört auch das Rasenmähen. Ich bin nicht gerade begabt für die Technik und sorge mich vor dem ersten Schnitt. Werde ich den elektrischen Mäher wohl bedienen können? Wie glücklich schätze ich mich bei der Entdeckung, dass dieser Mäher genauso gebaut ist wie der, den ich damals bei der Mithilfe im Garten einer Freundin bediente. Er springt genauso an, hat dieselbe Vorrichtung für die Grasentsorgung, und ich bediene ihn wie im Schlaf. Wieder einmal spüre ich die Unterstützung und Hilfe aus dem Kosmos.

Auch die Fernsehsendung am Abend gehört dazu. Es geht um das Glück der Deutschen, die trotz ihres finanziellen Reichtums in der Glücksskala der Länder im hinteren Bereich liegen. Warum sind die Deutschen nicht glücklicher, wird gefragt, und in der Sendung werden fünf unglückliche Kandidaten gestützt und geschult, um in Zukunft voller Freude durchs Leben gehen zu können. Es macht Spaß, mit anzusehen, wie so langsam sich bei den Kandidaten der Gesichtsausdruck verändert, wie alle das Glück in sich aufsaugen. Ich jubel, denn ich fühle mich dermaßen unterstützt in meiner Lehre, freue mich, dass die breite Masse mit neuem Gedankengut vertraut gemacht wird. Von allen Ecken und Enden strömt es in einen Lebensfluss, der paradiesisch anmutet. Schwere wird abgelegt zugunsten einer Leichtigkeit, die mit dem Augenblick zu tun hat. Nur weil wir lernen, im Augenblick zu sein, können wir überströmen. So leicht geht das!

Eine der fünf Kandidaten ist ein Fotomodell, das die Werte doch sehr ins Außen gelegt hat. Sie erzählt den Zuschauern, was sie alles an ihrem Körper hat verändern lassen, welche Operationen bei ihr vorgenommen wurden, damit sie perfekter herüberkommt, wie eine Barbiepuppe aussehen darf. Das Eigenartige in ihrer Geschichte ist, dass sie unglücklich wegen ihrer Einsamkeit ist. Sie möchte einen Mann, stellt jedoch fest, dass sich keiner für sie interessiert. An einer Stelle sagt sie: „Früher wollten mich viele, jetzt will mich keiner." Mit ihrer äußeren Fassade hat sie auch ihr Seelenleben verändert, hat nicht mehr zugelassen, dass Emotionen sich einstellten und damit eine Starre erzeugt, die sie von Tag zu Tag unglücklicher werden ließ. Ihre Übung besteht darin, Natürlichkeit zuzulassen, sich zu öffnen für ihre inneren Werte, ja, überhaupt festzustellen, dass es ein reges Innenleben bei ihr gibt. Das ist die Übung auch bei den anderen: den eigenen Wert wahrzunehmen, sich selbst schätzen und lieben zu lernen. Ich bin begeistert am Ende des Abends. Überall werden die Schwingungen erhöht, werden die Menschen dazu gebracht, ihr Potential auszuschöpfen, ja, ihre eigene Schöpferkraft zu entdecken. So langsam entwickelt sich etwas, was die Gesellschaft verändert.

Dazu fällt mir die Schmetterlingsgeschichte ein, die ich in einem Buch einer amerikanischen Wissenschaftlerin gelesen hatte. „Butterfly- a tiny tale of a great transformation" heißt es. In ihren Untersuchungen hatte Norie Huddle entdeckt, dass bei der Verpuppung der Larven sich neue Zellen bilden, Imago-Zellen werden sie genannt, die auf einer höheren Ebene schwingen. Diese Zellen werden zunächst von den alten stark bekämpft, weil diese nämlich glauben, dass ihnen etwas weggenommen werden soll. Die neuen Zellen lassen sich jedoch nicht verdrängen, vermehren sich rapide und gewinnen so die Oberhand in dem Geschehen. Sie schließen sich zu Gruppen zusammen, die wichtige Aufgaben für die Bildung eines neuen Staates übernehmen und von innen heraus störende Zellen abbauen und damit den Weg frei machen für eine Transformation. Am Schluss schlüpfen die wunderschönen Schmetterlinge.

Beim Lesen dieser Geschichte erschauere ich, weil ich die Parallele zu der humanen Welt spüre. Eine Veränderung in der Welt sollte nicht mehr wie früher durch Kriege geschehen, sondern dadurch, dass immer mehr ‚neue Zellen‘ daran arbeiten. Menschen können ihre Schwingungen erhöhen, sich zusammentun, um miteinander eine Transformation der jetzigen Gegebenheiten zu bewirken. Sie könnten die Ungleichheit auflösen, Dinge anders verteilen und Wertevorstellungen verschieben. So ganz allmählich würde sich dann die Zahl derer, die mitarbeiten an dieser neuen wunderbaren Welt erhöhen. Mein Glück besteht darin, dass ich diese Wahrnehmung habe, dass ich mich nicht einschüchtern lasse durch die vielen anderen Bilder, die Angst machen und die Menschen verunsichern sollen. Die allgemeine Verunsicherung festzustellen in Bereichen wie Finanzwesen, Erziehung, Überalterung, Freizeitverhalten, Lebensmittelversorgung u.v.m. berührt mich nicht weiter. Die Polaritäten machen sich hier sichtbar, wollen angeschaut und in einen Ausgleich gebracht werden.

Da ich in dem Haus meinen Rückzug auskoste, diesmal den Schwerpunkt nicht auf die Begegnungen mit leibhaftigen Personen lege, schöpfe ich meine Erkenntnisse überwiegend aus meiner Buchlektüre und den Fernsehsendungen, von denen ich mir eine pro Tag gönne. Mein Thema hat immer noch mit den Polaritäten zu tun, mit den Fragen, wie in Zukunft Menschen miteinander so umgehen, dass für alle genug da ist, dass alle sich frei entfalten und ihr Glück schon zu Lebzeiten machen können. In dem mit der höchsten Punktzahl ausgezeichneten Film ‚Hotel Ruanda‘, den ich am Abend sehe, werde ich wieder mit den Polaritäten konfrontiert. Es handelt sich um eine Dokumentation, sozusagen ein Tatsachenbericht, der schauspielerisch aufbereitet wurde. Paul, der Held der Geschichte, ein junger Schwarzer, Hotelmanager von Beruf und zugehörig der Gruppe der Utus, ist verheiratet mit einer Tutsie, die von den Utus bekämpft werden. Die Tutsies sind die größten Feinde, werden verfolgt und müssen geschützt werden. Paul setzt sein eigenes Leben aufs Spiel, bringt sich ein nach besten Kräften und verfügt über einen klaren Verstand. Er rettet am Ende Tausende von Menschen, ist jedoch verzweifelt über die Millionen anderer, die bedenkenlos abgeschlachtet wurden. Mit ihm zusammen leiden die Zuschauer und können nicht umhin, sich die Frage nach der Boshaftigkeit der Menschen zu stellen. Ich, die den ganzen Tag über in ihrem eigenen Glück geschwelgt hatte, werde auf den Boden der Tatsachen zurückgeholt. Überall brodelt es auf der Welt, bekämpfen die einen die anderen. Wie sollen wir da uns in der Mitte einpendeln, frage ich mich und hoffe auf Natahas Beistand. Diese erklärt: „Schauen wir uns noch einmal die Pole des Männlichen und des Weiblichen an. Männlich bedeutet geben, beschützen, mutig sein, die Wahl auf die Stärke legen, zielgerichtet, strukturiert und initiativ sein, während die weiblichen Anteile mehr mit dem Empfangen, dem Offensein, der Gastfreundschaft, dem Nähren und der Intuition zu tun haben. Leider wird das weibliche Prinzip immer noch viel zu wenig beachtet und geschätzt. Und auch das männliche eher in der negativen Form genutzt. Die Menschheit ist jetzt aufgefordert, zu erkennen und Schlüsse zu ziehen. Das männliche und das weibliche Prinzip zu vereinen, den Schwerpunkt der Entwicklung auf das Innere zu legen, das ja über Jahrhunderte missachtet wurde und außerdem noch die Gnade einzubeziehen, die euch helfen wird auf eurem Weg. Ihr seid wirklich an einem Punkt angekommen, an dem es einen Quantensprung geben wird. Wissenschaftler entdecken gerade neue Fakten auf vielen Gebieten, z.B. in der Gehirnforschung und bringen das in die Welt. Ihr dürft das weibliche Prinzip überziehen, damit ihr es erkennen könnt. Besonders ihr Frauen dürft euch einbringen, obwohl ihr natürlich auch über männliche Eigenschaften verfügt, genauso wie die Männer über weibliche. Steht zu euch, ihr Frauen, macht die Welt bunt und liebenswert mit eurem Gesang, dem Tanz, dem Lachen. Alles hat seine Berechtigung". „Wenn wir uns in der Mitte einpendeln sollen, werden wir da nicht alle androgyn? Bleibt da die Anziehung nicht weg und heißt das nicht das Aus für die menschliche Spezies? Denn wenn es kein männlich-weiblich mehr gibt, gibt es auch keine Paarung mehr, oder habe ich da etwas falsch verstanden"? Ich bin skeptisch. „Ich habe dir an anderer Stelle schon erklärt, dass es nicht darum geht, den Tag und die Nacht zusammenzulegen, ebenso wenig wie das Männliche und das Weibliche. Du bleibst natürlich eine Frau mit ausgeprägten weiblichen Prinzipien. Aber die männlichen kommen dazu, vervollkommnen dich und dann ergänzt ihr euch zusätzlich als Paar. Das gibt eine kraftvolle wunderbare Mischung und erzeugt den bewussten, starken, intuitiven Menschen, der Verantwortung übernehmen kann". Aha, es geht nicht um die Aufhebung des einen zugunsten des anderen sondern um eine Ergänzung, um Anerkennung für alles Sein. Es geht um Ausgleich und Wertschätzung. Ich werde gezielt das Weibliche betrachten, es leben und in den Mittelpunkt meines Lebens stellen.

24 Die Filmemacher

Eine wichtige Person in meinem Leben ist Marina, die mich viele Jahre begleitet und vom Anfang des Vereins dabei ist. Sie bringt sich mit unterschiedlichen Fähigkeiten im Tauschring ein. Beruflich hat sie mit Fotografie und Filmarbeit zu tun. Schon bald macht sie mir den Vorschlag, eine Dokumentation über mich zu entwickeln, was ich immer wieder ablehne. Denn obwohl meine Präsenz in den Medien häufiger wird, kann ich dem Medienrummel einfach nichts abgewinnen und verschiebe die Arbeit mit Marina von Jahr zu Jahr. Doch irgendwann ist es dann soweit. Marina taucht mit ihrer neuen Kamera überall auf, wo sie gute Bilder vermutet. Sie begleitet mich vier Jahre lang zu Seminaren, zu Lesungen, Vorträgen, in meine Häuser, die ich gerade hüte, auf Spaziergänge. In den vielen Interviews, die ich mit ihr mache, erkläre ich vieles und kläre mich dabei, aber meistens empfinde ich die Filmerei als störend. Für uns beide ist es nicht einfach und Marina scheint aufzuatmen, als sie das ganze Material später für eine Pauschale an die nächsten Filmemacher verkaufen kann. Zweimal finden die Filmaufnahmen in einem Beerdigungsinstitut statt, wo ich meine Fähigkeiten als Lebensberaterin jetzt im Vorab anbiete und dafür die Zusage für meine eigene kostenfreie Entsorgung später erhalten möchte. Ich, die sich immer wieder mal mit meinem Tod auseinandersetze, gerate in ein schweres Gefühl bei der Vorstellung meiner konkreten Leiche auf dem Tisch oder in dem Sarg aus Eichenholz. Der Unternehmer des Instituts, der anfangs offen für meine Belange ist, macht jedoch einen Rückzieher wegen seiner Familie, wie er es begründet.

Bei der zweiten Bestattungsunternehmerin ist es so, dass diese ihre neue Behandlungsweise vor der Kamera präsentiert. Eindrucksvoll demonstriert sie die Methode der Aufarbeitung der Trauer, die keineswegs in aller Stille stattfindet sondern durchaus herausgeschrien werden darf. Dafür gibt es spezielle Geräte, die die Trauernden nutzen dürfen, z.B. Schlagstöcke aus Hartgummi, die kräftig auf den Boden geschlagen werden können. Diesmal stellt sich eine Schwere in meinen Gefühlen ein, weil ich weiß, dass hinter dem Vorhang eine echte Leiche liegt. Trotz der Spiritualität, der Auseinandersetzung mit übergeordneten Themen fühle ich mich doch eingeschüchtert von dieser Realität, die mich auch wieder zu dem eigenen Tod führt. Auch hier gibt es nichts Konkretes, keine Zusage oder Hilfe für mein Anliegen, und das Thema wird wieder aufgeschoben für spätere Zeiten.

Einmal fahre ich mit Marina für eine Woche in ein Seminarhaus in meine ehemaligen Heimat. Für ein paar spektakuläre Bilder im Film stelle ich mich meiner Vergangenheit, besuche die Bauern von damals, tausche Kindheitserlebnisse aus mit dem jetzigen Familienoberhaupt, das damals ein Kind wie ich gewesen ist. Diese Begegnung tut gut, und ich bin meiner Filmemacherin dankbar, dass sie nicht locker gelassen hat.

Wie oft muss ich über meinen Schatten springen, mich einlassen auf Unangenehmes aus der Vergangenheit und der Gegenwart bei diesem Film. Das ändert sich keineswegs bei Übernahme durch das neue Team. Im Gegenteil, Christine aus Norwegen zeigt sich noch viel unerbittlicher bei ihren Recherchen, möchte in die Tiefe gehen und - wenn es sein muss - aufdecken. Ein Hauptthema sind meine Kinder, die ich bislang aus allem herausgehalten habe. Christine möchte sie unbedingt präsentieren, weil die leiblichen Kinder zu ihrer Mutter gehören, wie sie sagt. Unendliche Debatten darüber folgen. Ich, die gern meine Idee in den Mittelpunkt stellen und nicht immer wieder auf mein eigenes Leben reduziert werden möchte, weigere mich vehement, hatte ich doch zu Beginn meiner Medienkontakte meinen Kindern versprochen, sie aus allem herauszuhalten. Meine Tochter und mein Sohn führen ihr eigenes Leben, haben in bestimmten Fragen unterschiedliche Meinungen, die sie gern für sich behalten. Obwohl es am Ende des Filmes so aussehen könnte, dass es Familienzwiste gibt, gehe ich das Risiko ein. Ich weiß ja, wie groß die Liebe zu meinen Kindern ist, wie gern ich mich austausche übers Telefon, Internet oder bei Besuchen, die mehrmals im Jahr stattfinden. Bei den Politikern stehen die Thesen, die Gedanken im Mittelpunkt. Da fragt niemand nach der Familie, höchstens in den Klatschspalten. Ich möchte genauso ernst genommen werden.

Jetzt weitet sich die Filmerei über die Grenzen hinaus aus. Die erste Sequenz mit dem neuen Team findet in Italien statt, wo ich den Friedenspreis erhalte. Hier wird alles auf die Platte gebannt, die Reden, der Applaus, die Übergabe des Geschenks. Ich bin zu Tränen gerührt, als ich einen Blick auf die neue Filmpassage werfe, weil ich mich geehrt und anerkannt fühle. Vielleicht schafft Christine es ja, in dem Film mein wirkliches Anliegen herüber zubringen und nicht nur das Spektakuläre, Exotische in den Mittelpunkt zu stellen, wünsche ich mir. Es wird ein neuer Termin für den nächsten Dreh vereinbart, zu dem Christine mit ihrer Kamerafrau erscheinen soll.

Diesmal findet das Projekt „ohne Geld durch die Welt" in Paulas Haus statt. Paula ist Keramikerin, wohnt in einem großen Kunsthaus und ist bereit, ihre Türen zu öffnen für uns fünf Frauen, die dabei mitmachen wollen. Wir kommen aus verschiedenen Orten, haben unterschiedliche Hintergründe und freuen uns auf die gemeinsamen Tage. Eine der Geladenen macht „landart", Kunstwerke in der Landschaft. Das passt in die

Rubrik ‚jede kann was, was nicht jede kann'. Zunächst wird über die Beschaffung der Lebensmittel gefachsimpelt, Pläne gemacht, wie am besten vorgegangen werden kann. Alle sollen beisammen bleiben und in unterschiedlichen Geschäften ihr Anliegen vortragen, wird beschlossen. Ich will mich dabei zurückhalten, will den anderen ihre Erfahrungen gönnen, was dann später in dem Film etwas verschwommen herüberkommt. Eine Frau ist dabei, die unbedingt das Thermalbad besuchen möchte und darauf drängt, über einen Tausch mit der Stadt nachzudenken. Es wird beschlossen, ein Kunstwerk in der Natur zu schaffen für den Kurort mit den vielen Kurgästen und im Tausch dafür das Bad zu besuchen. Als Kunstwerk stellen wir einen Platz im Wald so her, dass er als begehbare Spirale zu Meditationen einlädt. Wir fotografieren und kopieren den neuen Meditationsplatz, präsentieren ihn in einem Text und erhalten dafür Einlass in das Bad.

Beim Kochen und anschließendem Essen halten wir uns strikt an unsere ertauschten Waren, etwas anderes gibt es nicht. Und so geschieht es schon mal, dass der Schmalhans unser Küchenchef ist, wir gerade genug zum Sattwerden haben und dadurch neue Erfahrungen sammeln. Für mich eine Freude, denn mir ist es wichtig, dass auch andere in den Genuss dieser Erfahrungen kommen, erzeugt das doch eine Wertschätzung und andere Herangehensweise an alltägliche Dinge. Nichts ist selbstverständlich, die Geschenke werden von allen Frauen auch als Geschenk empfunden und in unseren Gesprächsrunden besonders hervorgehoben und geschätzt. Eigentlich ist die Woche eine gelungene Veranstaltung mit vielen Erlebnissen und Gefühlen, dennoch bleibt eine leichte Unzufriedenheit und Verstimmung in mir zurück. Ich meine, der Filmemacherin nicht klargemacht haben zu können, was mir an solchen Unternehmungen so wichtig ist. Nämlich Alltagssituationen herzustellen, in denen die ganz alltäglichen Dinge zu großen Erkenntnissen führen können. Kommt das nicht herüber, bleibt das Unternehmen auf einer Stufe stehen und ist für andere uninteressant, ja, sogar unverständlich.

25 Werte

Bei der Sequenz ‚ohne Geld durch die Welt‘ mit einigen Jugendlichen wird viel Spaß und Freude sichtbar. Zehn Mädchen und zwei Jungen tauschen, was das Zeug hält und laufen zu Höchstformen auf. Mit einem Bleistift gehen sie los, den sie in Essbares umtauschen möchten, berichten begeistert von den verschiedenen Stationen dabei und ziehen durchaus philosophische Schlüsse. Das alles wird auf die Platte gebrannt. Ich präsentiere als Gast und Initiatorin den dokumentarischen Film über mein Leben ohne Geld. Der Tag mit den Jugendlichen hat Freude bereitet, aber macht das alles denn Sinn, frage ich mich bei Sichtung des Materials. Wir wollen doch gar nicht mehr tauschen, das Teilen soll im Mittelpunkt stehen, was hier gar nicht verständlich wird.

Die Begegnung mit den Jugendlichen in einer italienischen Schule ist etwas enttäuschend. Zwar sind die Schüler interessiert, fragen nach und äußern Verständnis zu Beginn der Stunde. Am Ende werden jedoch ein paar Jungen gezeigt, die ihre negative Kritik an meinem Tun nicht zurückhalten. So bleibt für den Betrachter des Films ein Unverständnis zurück.

Auch die Aufzeichnung der italienischen Fernsehshow, zu der ich mich hatte laden lassen, trägt keineswegs zu positiven Erkenntnissen für den Zuschauer bei. Im Gegenteil, einmal mehr muss der sich fragen, was das Ganze denn solle, wofür ich mich so abstrample. Letztendlich fehle jegliche Überzeugungskraft für den Paradigmenwechsel einer neuen Welt. Ich, wie eine Kämpferin im Alleingang, die auf ihren Reisen in den Zügen traurig aus dem Fenster schaut, die andere nur sporadisch für ihr Tun begeistern kann und eher die Rolle eines Don Quichotte inne hat. Oder als traurige Gestalt mitten in der Einkaufszone, als Putzfee in verschiedenen Haushalten ohne politischen Hintergrund.

Wie konnte das geschehen? Ich selbst habe mich tatsächlich so dargestellt, die Filmemacherinnen nur eingeladen in Situationen ohne Tiefgang, ohne Allgemeinplätze, ohne politische Handlungen. Dennoch hat der

Film Erfolg in der ganzen Welt, macht mich sogar über die Grenzen hinaus berühmt. Wieder einmal ein Zeichen dafür, dass alles seinen Sinn hat und Sinn macht, manchmal zwar anders als erwartet, aber nichts geschieht einfach so und verpufft im Äther. So erfahre ich Wertschätzung und Interesse von den Medien weltweit, bin bereit mich zu öffnen für die vielen Fragen und erkläre geduldig. Ich schreibe ein paar Texte für Zeitschriften, die ich immer wieder verschicke und mir auf diese Art eine Basis schaffe für mehr Tiefgang. Ein Text, der genauso übernommen und wiedergegeben wird in einer österreichischen Zeitschrift, handelt von den Werten der Zukunft.

Sieben Punkte führe ich auf:

Erstens: An Stelle von Konkurrenz und Wettbewerb, der die Menschen in ihre Leistungshöchstform bringen soll, steht nun das Miteinander, ein gegenseitiges Unterstützen. So können wir uns entfalten und herausfinden, wo unsere wirklichen Stärken liegen, die wir dann anderen zur Verfügung stellen. Aus Fremdbestimmung wird Selbstbestimmung!

Zweitens: Statt Schnelligkeit und Oberflächlichkeit durch die vielen Dinge, die wir im Arbeitsprozess erledigen müssen, entwickeln wir nun Intensität und Hingabe an den Augenblick. Diese neue Langsamkeit beschert uns eine tiefe Freude und steigert die Lebensqualität erheblich.

Drittens: Wir lassen die destruktive Kritik weg und ersetzen sie durch Zuspruch für die anderen. Wir alle sind durch unsere Erziehung, durch die bestehenden Leistungs-Regeln derart verunsichert, dass es ein großer Schritt für jeden von uns ist, unseren Selbstwert zu entdecken und zu entfalten. Durch die gegenseitige Unterstützung geht das leichter, als wenn wir uns ständig rechtfertigen müssen und schauen, ja keine Fehler zu machen.

Viertens: Fehler sind zum Lernen da! Wir dürfen sie machen, ohne gleich vor Scham im Boden zu versinken.

Fünftens: Alles was uns begegnet, sind Chancen, die uns weiterbringen können. Auch Dinge, die zunächst unangenehm erscheinen, gehören dazu. Krankheiten z.B. können uns wichtige Hinweise auf notwendige Verhaltensänderungen geben.

Sechstens: Wir begegnen anderen Menschen nicht als Feinde oder Widersacher, sondern als mögliche Freunde und Wegbereiter. Wir können uns für sie öffnen und über unangenehme Begegnungen nachdenken.

Siebtens: Wir geben allem einen Sinn, auch den kleinen Dingen im Alltag. Mit diesem Wissen können wir die große Sehnsucht nach Außergewöhnlichem aufgeben und mit dem, was ist, glücklich sein.

Auch der Text, den ich für eine andere Zeitung schreibe, enthält wichtige Hinweise auf Verständnisfragen, was dieser kleine Auszug zeigen soll: „Leben ohne Geld bedeutet, den Lebensfluss entdecken, sich treiben lassen im Strudel der Lebendigkeit, sich einlassen in eine neue Lebensqualität, die durch Aufmerksamkeit, Achtsamkeit und Wach sein entsteht. Wach sein für uns selbst, für unser Gegenüber, für die Gesellschaft und das Ganze bedeutet eine neue Intensität, eine Hingabe an das Leben. Statt sorgenvoll hinter dem Mammon her zu hetzen, unseren Fokus auf das Materielle, Äußere zu legen, geht es um geschehen lassen, darum, das Herz zu öffnen und aus ihm heraus zu handeln. Dadurch entsteht ein Wertewandel, ein Paradigmenwechsel, den wir heute unbedingt benötigen für die Heilung aller bislang angerichteten Schäden, die sich in gewaltigen Naturkatastrophen zeigen, aber auch in der Diskrepanz zwischen den Besitzenden und den Besitzlosen. So wie wir uns von der Natur abgewandt haben, uns über sie gestellt, sie missachtet und geschändet haben, können wir jetzt zurückkehren zu tragenden Werten unserer Ahnen – wie Kooperation, Hilfsbereitschaft und Achtung vor der Natur - die über Jahrtausende unser Überleben gesichert haben. Zurückkehren zu alten Werten heißt nicht, Gepflogenheiten aus der Steinzeit zu übernehmen und unsere technischen Errungenschaften zu schmähen. Darum geht es absolut nicht bei einem Leben ohne Geld. Allerdings geht es darum, die Kompliziertheit zu erkennen, die durch die Regeln und Gesetze für den Umgang mit dem Geld entstanden sind.

Absicherungen, Versicherungen, Trennungen, Mauern, Missgunst, Misstrauen u.v.m. machen uns das heutige Leben schwer. Einfachheit und Vertrauen, gegenseitige Unterstützung aus einem Wohlwollen heraus,

Miteinander statt Gegeneinander schaffen eine neue Kultur für uns alle.
Und wie soll das gehen bei den vielen Verpflichtungen, die wir zu erfüllen haben? In kleinen Schritten und für jeden in einer anderen Weise. Die Zeiten sind vorbei, wo jemand daherkommt, einen Plan entwirft für alle, der eingehalten werden muss, damit ein Ergebnis sichtbar wird. In der heutigen Zeit gibt es so viele unterschiedliche Ansätze und durchdachte Möglichkeiten für einen anderen Umgang mit unseren Aufgaben im Alltag. Das Ziel dieser Ideen ist dasselbe: eine bessere, gerechtere Welt für alle, Frieden und Harmonie in uns und um uns herum. Alle sehnen sich nach Gemeinsamkeiten, nach Anerkennung und Liebe.

Ich entdeckte die „Wunder im Alltag", die sich häuften und große Freude bescherten. Das, was ich als Wunder bezeichne, ist für viele purer Zufall. Ich jedoch behaupte, dass diese Zufälle uns vom Himmel geschickt werden, damit wir uns weiter entwickeln. Diese Zeichen, die es für alle gibt, zu erkennen und einzubauen in den Alltag, verschafft uns Abenteuer und erzeugt Lebendigkeit. Das Leben fließt sozusagen, versorgt uns mit Überraschungen und schubst uns voran, wenn wir wachsam sind.

Im Laufe der Jahre gab es eine Menge zu lernen. Das wichtigste auf diesem Weg ist die Auflösung alter Ängste und störender Gefühle, die sich verwandeln können in ein großes Vertrauen ins Leben, in Freude, Gelassenheit und Lebendigkeit.

So könnte eine Welt entstehen, in der die Menschen statt des Geldes ihr Herz in den Mittelpunkt stellen, aus dem heraus sie handeln. In Ruhe betrachten sie das Leben und ihre Aufgabe darin. Sie fühlen sich geachtet, geliebt und wertgeschätzt, weil sie selbst achten, lieben und wertschätzen."
Solche Texte erscheinen in vielen Zeitschriften in unterschiedlichen Sprachen, so dass mein Bekanntheitsgrad allmählich wächst, ich Einladungen erhalte aus allen Ländern der Welt. Gleichzeitig geschieht etwas Unglaubliches. Dort wo ich mich gerade aufhalte, gibt es diese Wertschätzung nicht, kein Interesse an meinem Tun. Ich werde mal grad so geduldet und jemand schleudert mir entgegen, dass ich froh sein könne, nicht attackiert zu werden, denn mein Tun sei dermaßen absurd, dass niemand aus diesem Kreis mich verstände. Dieser Kreis ist eine Gruppe von mehre-

ren älteren Frauen, die sich für andere engagieren. Ihnen habe ich mich für eine kurze Zeit angeschlossen, weil der Alltag es erfordert. Bei meinem ersten Erscheinen wurde ein wenig nachgefragt für die entsprechende Schublade, in die ich dann für den Rest der Zeit gesteckt werde ohne weiteres Interesse.

Diese Frauen haben nicht nur Probleme mit mir, sie kritisieren sich auch gegenseitig und wirken nicht gerade glücklich. Wieder einmal ein Beweis für mich, dass sich nichts ändern wird in der Welt, wenn die einzelnen nicht bereit sind, in ihrem eigenen Leben zu schauen nach Möglichkeiten einer Erleichterung, wenn sie nicht bereit sind, Störungen abzubauen, um in Frieden miteinander sein zu können. Die Frage ist hier, wie das gehen kann in Strukturen, die derart festgefahren erscheinen. Diese Frauen arbeiten schon jahrelang zusammen. Sie kennen sich gegenseitig und wissen um die Stachel, die sie sich zufügen. Ich fühle mich hier machtlos, weil die Stacheln ja auch gegen mich gerichtet werden und keineswegs ein professioneller Rat von meiner Seite gefragt ist. So muss ich immer wieder zuschauen, wie die alten Werte Oberhand gewinnen.

Prompt erfahre ich Trost durch den Umzug, den ich mir vornehme. Schon die Reise mit Bus und Bahn bringt mich in das fließende Körpergefühl, das ich so liebe. Ich spüre förmlich die Körpersäfte in Wallung geraten, ein Auf und Abrieseln durch die Venen. Purer Genuss, Freude und Begeisterung für die nächsten Schritte stellen sich ein. Nein, nicht nur für die nächsten Schritte, der Augenblick zählt! Denn hier im Jetzt geschieht mir ja die Körpersensation, der Fluss in mir. Ein paar Stunden habe ich Zeit, über das Gewesene nachzudenken, denn so lange dauert die Reise. Bei meinen Gedanken lasse ich mich nicht stören, freue mich über den Rückzug und beobachte meine Gefühle.

Die Begegnung mit den kritischen Frauen hatte mich zunächst in etwas gebracht, das ich aus der Vergangenheit kenne. Abgelehnt und beurteilt zu werden gleich zu Beginn der neuen Bekanntschaft, habe ich häufig erfahren. Früher habe ich darum gekämpft, das Bild von mir zu revidieren, zu beweisen, dass es durchaus gute Seiten in mir gab. Diesmal hatte ich mir nicht die Mühe gemacht, wollte niemandem etwas beweisen. Ich hatte mich eingependelt in der allgemeinen Umgangsform, hatte meine Arbeit verrichtet und mich zurückgehalten. Mit dieser Zurückhaltung hatte ich mich allerdings verleugnet, denn eigentlich hätte ich aufdecken, hinweisen, in neue Bahnen lenken mögen. Ich hätte gern mein Wissen zur Verfügung gestellt, aber da es nicht gefragt war, musste ich mich fügen, den Stillstand der anderen in meinem eigenen Leben aushalten. Der jetzige Aufbruch tat gut, ließ mich aufatmen und hoffen.

Ist es die Hoffnung, die uns trägt, oder wo kommt dieses wundersame schöne Gefühl her? Ich schaue aus dem Fenster, lasse mich von der vorüberziehenden Landschaft berühren. Und als ich in der neuen Wohnung ankomme, für die der Schlüssel in dem verabredeten Versteck liegt, geht mir das Herz erst recht auf. Es ist eine Wohnung nach meinem Geschmack, nichts ist darin überflüssig, alles dient einer Klarheit, einer Erhöhung der Schwingungen. Die sonnendurchfluteten Räume, die mit Bedacht platzierten Gegenstände, die Ästhetik des Ganzen bringen mich in weitere Begeisterung. Meine Freundin Pia hat mir das Zimmer eingerichtet, mir Leckereien bereitgestellt und ihr Eintrudeln für den nächsten Tag angesagt. Ich verstaue mein Gepäck und begebe mich nach draußen, um die letzte Schwere abzulegen. Der bekannte Weg lädt mich ein zu einem ausgiebigen Spaziergang, der meine Sinne berauscht. Der Duft des Senffeldes, des frisch gemähten Grases, der reifenden Früchte, der säuselnde leichte Wind bei strahlender Sonne an einem hellblauen, mit weißen Wolken bestücktem Himmel, die Weite, der lieblichen Landschaft lässt mich jubeln. So unterschiedlich können Plätze sein. Ich bin im Laufe der Jahre feinfühlig geworden, kann die Energien spüren, die in den Häusern stecken. Wenn ich nicht aufpasse, werde ich überrollt, erwische mich plötzlich bei Tätigkeiten, die gar nicht zu mir passen. Wo kommt bloß mein Heißhunger her, frage ich mich in einer Wohnung. Weder der Kühlschrank noch die Schränke sind vor mir sicher. Drei Tage lang mache ich mich über die Süßigkeiten her, von denen es Unmengen gibt. Dann ist alles vorbei, und ich nehme mein gewohntes Essverhalten ein. Später erfahre ich, dass die Menschen, die hier wohnen, sich gern mit Süßigkeiten voll stopfen, nicht davon lassen können. Oder die Schlafstörungen der ersten drei Nächte in einem bestimmten Haus, die Unlust auf Spaziergänge, die Lesewut, die Fernsehsucht u.a. Ich spüre meine Mitmenschen hautnah, schlüpfe sozusagen in deren Haut, in deren Verhaltensweisen und erlange dadurch mehr Verständnis für andere. Mein Ziel ist die Rückkehr in die Einheit, die Aufhebung der trennenden Grenzen, allerdings nicht auf Kosten meiner Bewusstheit. Mir fällt ein Spruch der Indianer dazu ein: Erst wenn du in seinen Mokassins gegangen bist, kannst du den andern verstehen.

Manchmal erhalte ich von Freunden Besuch in den fremden Wohnungen, die ich gerade hüte. „Wie hältst du das hier nur aus", werde ich dann gefragt. „Ich würde vor Angst nicht schlafen können in einem so großen Haus ganz allein" oder „ bei diesem Durcheinander könnte ich nicht atmen, hier würde ich glatt ersticken" oder „ brauchst du nicht deine eigenen vier Wände?" Fragen, Meinungen, Kommentare konfrontieren mich mit meinem eigenen Tun, aber auch mit dem der anderen. Und darum geht es letztlich immer wieder. Wie schaffen wir es, den anderen zu nehmen, wie er ist, zu akzeptieren, dass seine Schwerpunkte woanders liegen als unsere, dass ihr Thema in eine andere Richtung zielt?

Als Pia nach Hause kommt, habe ich gekocht, den Tisch gedeckt, alles schön gemacht. Ich möchte von meiner Freude abgeben, auch die Dankbarkeit aufzeigen, die durch die Großzügigkeit der Freundin entsteht. Zu Beginn dieser Freundschaft gab es für mich zeitweise ein Ungleichgewicht, das Nehmen war zu groß für mich. Die Worte der Freundin „hier kannst du richtig Urlaub machen" passten nicht, verschafften eine Störung in mir, denn es ist gar nicht mein Anliegen, richtig Urlaub zu machen. Ich möchte aufdecken, beitragen zu Veränderungen im Großen und nicht nur den Tag irgendwie herum bringen. Wie schwierig ist es, das anderen begreiflich zu machen, weg zu kommen von der Einstufung, die ich erfahre, egal ob es die Medien sind oder Freunde oder Fremde. Ich will nicht als Exotin durch die Welt gehen, die ein Experiment gewagt hat, das andere bewundern, ablehnen oder belächeln. Ich möchte die Strukturen verändern, aufzeigen, dass das möglich ist.

„Eine andere Welt ist möglich", sagt Udo, Pias Freund. „Ich weiß, dass alle Menschen wunderbar miteinander sein könnten, wenn jeder bei sich schaut, dass er im rechten Austausch ist. Jeder übernimmt Verantwortung für sein Leben, egal in welchem Bereich". „Genau", entgegne ich. „Ich nenne das das Gleichgewicht zwischen dem Geben und Nehmen. Wenn das in Ordnung ist, müssen wir nicht mehr konkurrieren, uns nicht abgrenzen, Unterschiede machen. Der Ausgleich des Gebens und Nehmens ist mein Barometer. Ich spüre jedes Mal, wenn etwas nicht stimmt und versuche dann eine Änderung im Miteinander, bis alles stimmig ist, wie jetzt mit Pia. Da habe ich Konsequenzen für mich gezogen, achte auf Störgefühle und reise notfalls ab, wenn ich sie in dieser Situation nicht beseitigen kann. Mein eigenes Gefühl weist mir den Weg in den Lebensfluss. Ich freue mich dabei über die Unterstützung aus der geistigen Welt, nehme dankbar die Zeichen um mich herum wahr und verarbeite sie für meine Erkenntnisse. Nehmen zu können oder besser empfangen, ist ein wichtiger Schritt für das Gleichgewicht. Den Spruch aus der Bibel 'geben ist seliger denn nehmen' kann ich darum so nicht unterstützen, auch nicht die Herangehensweise, die ich zurzeit bei manchen Gruppen beobachte, die nämlich das Nehmen einfach weglassen, sich die Geber oder ähnlich nennen. Damit es von keiner Seite aus zum Stau kommt, wollen beide Pole gelebt sein", schließe ich meine Ausführungen ab.

26 Alte Muster

Es kommt schon mal vor, dass ich nicht nur ein Haus zu versorgen habe, sondern mich auch mit lebendigem „Inventar" konfrontiert sehe wie Katzen, Hunden, Vögeln, Pferden, Fischen, Hamstern, Ratten, alles war schon dabei. Auch Menschen gehörten dazu. Zwei Großmütter, mit denen ich Mittag aß, mit denen ich einkaufen ging und ihnen manchmal am Abend vorlas, bereicherten mein Repertoire. Jetzt erhalte ich einen verzweifelten Anruf von einer Freundin, die niemanden hat, der sie vertreten kann für die Dauer ihrer Genesungskur. Zwei Wochen konnte ihr pubertierender Sohn in einem Ferienlager verbringen, nun fehlen noch zwei Wochen bis zum Schluss der Kur. „Du bist mir eingefallen, weil du dich doch so gut mit Tom verstehst. Meinst du, du könntest hier für eine Zeit einspringen?" Eigenartigerweise habe ich gerade Zeit, und Lust habe ich auch darauf. Vielleicht gibt es noch etwas zu bearbeiten aus der Zeit mit meinen eigenen Kindern, die mir in diesem Alter große Probleme bereitet haben, denke ich, als ich mich auf den Weg mache. Meine Aufgabe ist es, Tom morgens zu wecken und in die Schule zu schicken, ihn mittags mit einem Mahl zu empfangen und ihn ansonsten in Ruhe zu lassen. Ich habe mit der Mutter abgemacht, dass ich keine Erziehungsmaßnahmen einsetzen muss, mich nicht darum bemühen will, eigene Interessen durchzusetzen. Ich möchte nur 'über die Runden' kommen. Die Zeit so überbrücken, dass ein geregeltes Leben bei Rückkehr der Mutter weiter gehen kann.

Am ersten Morgen steht Tom ganz pünktlich auf, nimmt sein Frühstück ein und verlässt das Haus guter Dinge. Auch die Heimkehr spielt sich so ab, dass ich zufrieden bin. Die ersten drei Tage gestalten sich problemlos und einfach. Doch irgendwann gerate ich in einen Zustand, der mich an mein eigenes Muttersein erinnert. Ich mache mir Sorgen wegen Toms Essverhalten. Er verweigert das Mittagsmahl, schafft manchmal wegen Zeitmangels sein Frühstück nicht und scheint überhaupt nichts zu trinken. In Telefongesprächen mit Freunden und Bekannten erfahre ich noch mehr Beunruhigendes. Eine Bekannte erzählt mir, dass sie gerade in einer Dokumentationssendung am Tag zuvor gesehen hat, wie ein Junge in Toms Alter an Unterernährung gestorben ist. „Du musst da unbedingt etwas tun, sonst passiert euch was Schreckliches", warnt sie. Damit hat sie mich an einem Punkt erwischt, der mir zu schaffen macht. Ich müsste dieses Kind dazu bringen, etwas zu tun, was es nicht will! Nie wieder wollte ich in so eine Situation geraten, nie wieder jemanden zu seinem Glück zwingen. Jetzt holt mich die Vergangenheit ein, in der ich ständig Verantwortung für andere übernehmen musste. Ich rede mit Tom, versuche ihm Schmackhaftes vor zu setzen, ihn zu animieren, wenigstens ein wenig zu essen. Tom präsentiert sich in meinen Augen als Totalverweigerer, der nicht mit mir darüber reden möchte und sich in sein Zimmer verzieht. Ich leide, grübel über Hilfsmaßnahmen, kann nicht abschalten. Die wunderbare Ruhe, die ich mir in den letzten Jahren zugelegt hatte, ist wie weg geblasen. Obwohl ich weiß, dass Tom schon immer ein schlechter Esser war- oft genug war ich ja Gast hier in dem Haus- ist es noch einmal etwas anderes, Verantwortung dafür zu tragen. Da die Mutter sich in der Kur erholen soll, möchte ich sie nicht einbeziehen in dieses Problem, und so bleibt alles an mir hängen. Als Tom aus der Schule kommt, sitzt eine weinende Marie da, die ihren Schützling zum klärenden Gespräch bittet. Der erschrockene Tom lässt sich auf mich ein, klärt mich darüber auf, dass er doch das eine oder andere zu sich nimmt, ich mir keine Sorgen machen müsse, weil es schon Zeiten gegeben hätte, in denen er noch viel weniger gegessen hätte und auch nicht gestorben sei. Wir einigen uns darüber, dass ich aufhöre, mir Sorgen zu machen und Tom versichert, nicht sterben zu wollen, weil er am Leben hänge und außerdem wüsste, was sein Körper bräuchte. Tatsächlich isst er wieder das eine oder andere, und das Thema ist für den Rest der Zeit vom Tisch. Solange wir noch behaftet sind mit alten unaufgearbeiteten Dingen aus unserer Vergangenheit, werden wir von ihnen eingeholt, immer wieder, solange bis alles geklärt ist. Wie oft rate ich den Menschen, die mich um Rat bitten, ihre Sorgen aufzugeben, weil sie gar nichts bringen, nichts besser machen sondern nur belasten. Aber ich selbst werde auch zurückgeworfen, kann in manchen Dingen nicht abschalten, um frei zu sein für das Angenehme. Die Sorgen um Tom kommen aus der Vergangenheit, haben nicht viel mit ihm zu tun. Denn ich weiß von früheren Besuchen um seine mangelhafte Ernährung, die ihm jedoch bislang nicht geschadet hat. Er weist keine Magersuchtsymptome auf, verfügt über einen gesunden sportlichen Körper. Dennoch sorgte ich mich um ihn wie früher um meine eigenen Kinder. Meine Ruhe war dahin gewesen, Schlaflosigkeit und Unwohlsein hatten mir zugesetzt, ohne dass sich dadurch etwas zum Guten veränderte. Es stiftete nur Unfrieden und Unglück. Die Verzweiflung von damals zeigt sich noch einmal vehement in der Konfrontation mit Tom, der in Wirklichkeit nicht gefährdet ist. Die Sorge um ihn spielt sich in meiner Fantasie ab und löst sich durch die Konfrontation auf, um sich dann in Dankbarkeit zu transformieren. Dankbarkeit, dass meine eigenen Kinder ihren Weg gefunden haben, dass sie ihr Leben meistern und zufrieden sind. Tom hat in diesem Fall eine Funktion, nämlich aufzuzeigen, wie das Unglück Besitz ergreifen kann, wenn Reste noch in den Zellen stecken.

27 Kosmische Gesetze

In letzter Zeit reise ich herum, um mit meiner Filmemacherin gemeinsam den Film zu präsentieren und anschließend Rede und Antwort zu stehen. Ein junger, aufgeschlossener Mann befragt mich, stellt gute Fragen, die wegführen von den alten Klischees und bringt mich damit in Schwung. Freudig erkläre ich ein paar neue Dinge aus meinem Alltag und schließe mit den Worten ab: „Ich lebe halt nach den kosmischen Gesetzen." Was für mich ganz locker über die Lippen kommt, erweist sich für den jungen Mann als unverständlich. Da er den Begriff „kosmische Gesetze" noch nie in seinem Leben vernommen hat, fehlen sie ihm erst recht in der italienischen Sprache, in die er übersetzt. Verdutzt schaut er mich an, und erst eine deutschsprachige Frau aus dem Publikum kann die Situation zurecht rücken für die anderen.

Ich gerate ins Grübeln: Wie kann es sein, dass dieser intelligente Mensch verschlossen ist für eine Welt, die mir so wichtig erscheint? Eine Welt, die etwas Neues präsentiert, die Zukunft bedeutet und einen Wertewandel. Tino, der Übersetzer und Moderator kommt eher aus der linken politischen Ecke, hat mit Spiritualität nicht so viel zu tun, ist jedoch aufgeschlossen für meine anderen Themen. Was kann ich tun, um die Menschen neugierig zu machen auf etwas, das eine totale Transformation bedeutet? Wie kann ich verhindern, in die Schublade „Esoterik" gesteckt zu werden? Jahrelang habe ich mich in den Fragen des Glaubens zurückgehalten. In letzter Zeit verspüre ich geradezu einen Drang, mehr in diese Richtung zu agieren. Ich möchte den anderen Pol repräsentieren zu den negativen Nachrichten in den Medien, möchte Hoffnung und Freude verbreiten statt der Ängste, die allgemein geschürt werden.

Ich erhalte eine Einladung für ein Interview von einem Mann, der in seinem kleinen Studio Punkte setzt, der sich um aufdeckende und vorantreibende Arbeit bemüht. Mit seinen Sendungen möchte er Neugier wecken, Bewusstsein erweitern, zum Handeln ermuntern und überhaupt eine neue Welt präsentieren. Seine Seite, die im Internet vertreten ist, wird täglich von Tausenden von Interessierten aufgerufen. Nach der Veröffentlichung meines Beitrags merke ich das auch auf meiner Seite. Zehnmal so viele Menschen wie gewöhnlich klinken sich ein, kommentieren mein Handeln, spornen mich an, weiter zu machen und erbitten Kommunikation. Der Beitrag, der nun fest verankert im Internet ist, jederzeit abrufbereit, gefällt mir sehr. Klar bin ich in meinen Aussagen, entfalte mich in meinen Erklärungen und spreche souverän über einen Wertewandel. All diese Dinge vertritt Jürgen, der Moderator, Produzent und Direktor der Sendung genauso wie ich. Seine Fragen und Kommentare lenken mich in eine Richtung, die positive Vorzeichen aufweist, die Mut machen und anregen. Am Ende der Sendung sind beide, oder besser alle drei, denn ein Kameramann ist noch dabei, begeistert von der Ausstrahlung, die wir alle drei miteinander empfunden haben. Erstaunt bin ich, als ich später von einigen wenigen Bekannten eine Warnung erfahre. Dieser Mann sei gefährlich mit seinen Ansichten, könne mir durchaus schaden, wenn ich mit ihm in Zusammenhang gebracht würde. Viel vorsichtiger müsse ich sein, bevor ich mich mit bestimmten Individuen einließe. Ich hätte schließlich einen Ruf zu verlieren. Verdattert höre ich mir das an, kann nicht nach voll ziehen, was dem Mann angelastet wird, weil ich ihn so anders wahrgenommen habe. Seine Sendungen, die ich nun häufig anschaue, erscheinen mir höchst interessant, ohne Prägung in eine ihm vorgeworfene Richtung. Hat das vielleicht damit zu tun, dass nach irgendwelchen Flecken auf der reinen Weste gesucht wird, um den anderen mundtot zu machen? Oder bin ich einfach nur naiv und habe mich benutzen lassen für seine eigenen Belange?

Eindeutig war es eine gute Angelegenheit für beide Parteien, in der beide Gewinner waren. Keineswegs fühle ich mich ausgenutzt sondern eher unterstützt und getragen. Für mich zeigt sich die Situation so, dass Jürgen, der Aufdecker, von anderen kritisiert, ja, sogar gemobbt wird. In früheren Zeiten wurden solche Menschen verfolgt und manchmal sogar „beseitigt". Veränderungen in der Welt bringen zunächst Unruhe und müssen bekämpft werden, wenn das Weltbild in den alten Strukturen steckt, wo alles so sein muss wie immer. Gelingt jedoch eine Öffnung für etwas Neues, kann sich die unangenehme Unruhe in eine positive Neugier verwandeln, das eine Individuum sich mit dem anderen einlassen und vertrauensvoll beobachten, was geschieht. Warum, frage ich mich zum wiederholten Mal, ist es so schwierig für uns Menschen, uns auf etwas Neues einzulassen? Warum akzeptieren wir lieber Ungerechtigkeiten, Verletzungen und Missgunst statt uns zu öffnen für die schöne neue Welt?

Nataha hatte mir erklärt, dass die Ängste dieses Verhalten bestimmten. Ängste machen eng, beschränken, schnüren ein. Den bekannten Weg zu verlassen, erfordert Mut, Loslassen, Ausprobieren. In der Not gelingt es meistens. Da verhalten sich die Menschen plötzlich ganz anders als gewohnt. Aber hat sich die Situation etwas beruhigt, kehrt alles ins Alte zurück. Dabei sollte es um Bewusstseinserweiterung gehen in unseren Leben. Nur das zählt, macht Sinn auf dem Weg der Evolution. Kriege können abgeschafft werden für alle Zeiten, wenn die Menschheit versteht, dass sie eins ist, dass es wunderschöne Aufgaben für alle gibt, die jede an ihrem bestimmten Platz in Freude ausüben darf.

Wo können wir heute schon anfangen, ohne Not, ohne Zwang, einfach aus einer Erkenntnis heraus, dass Leben gewaltig, mächtig, wundervoll ist? Nach den kosmischen Gesetzen zählt jeder Augenblick, trägt das kleinste Element mit an dem Mosaik, das die Welt bedeutet. Diese Erkenntnis sollte die Basis sein für eine neue Struktur, die Wertschätzung und liebevolles Miteinander bedeutet.

Zwei Dokumentationen aus dem Fernsehen fallen mir dazu ein, die das Alte präsentieren. Die erste stammt aus der Tierwelt, in der es schon mal heiß her geht, wie in dem Ameisenstaat, der für den Erhalt des eigenen Terrains den Nachbarstaat zerstört. Die Kriegerinnen ziehen aus und stoßen auf dem Weg der Nahrungssuche auf den Eingang einer Höhle, in die sie eindringen, kaputt machen, töten und mit der Beute in die eigene Höhle zurückkehren. Ein paar Jahre später geschieht diesem Stamm dasselbe, weil nämlich stärkere als sie selbst sie überfallen, kaputt machen und töten. Nichts bleibt von ihnen übrig, auch die Königin muss ihr Leben lassen. Vielleicht ist es in der Natur so vorgesehen, dass natürliche Feinde für eine Reduktion bestimmter Arten sorgt, damit diese nicht überhand nehmen und das biologische Gleichgewicht erhalten bleibt.

Aber die Menschen haben doch wohl eine andere Bestimmung als die, die ich in der zweiten Dokumentation beobachte, in der einfach die Bewohner eines Landes über das andere herfällt, in der ein Menschenleben gar nichts wert zu sein scheint, Köpfe abgeschlagen und aufgereiht werden. Die einen nehmen den anderen etwas weg, misshandeln sich gegenseitig und leben in Angst und Schrecken. Diese Zeiten sind vorbei, beschließe ich! Ein für allemal!

Mit meinem eigenen Leben möchte ich dazu beitragen, andere Werte einzubringen, Freuden aufzuzeigen, Leichtigkeit zu präsentieren. Der Prozess hierfür, sich zu gestatten, die Freude in den Vordergrund zu stellen, war ein langer. Schließlich wird den Menschen seit Jahrtausenden eingeprägt, dass das Leid die Basis für unser Sein darstellt. Diese These war u.a. ein Hauptgrund, warum ich die Kirche und ihre Lehre nicht mehr ertragen kann. Wie oft hätte ich in den Gottesdiensten aufspringen mögen, um auf die Freude hinzuweisen, die die Menschen auch prägt. Statt sich festzusaugen an der Schwere, aus der der Mensch nicht ohne Gottes Hilfe heraus käme, hätte der Fokus auf den anderen Pol gerichtet sein können. Ich hatte immer wieder miterleben müssen, dass die leidvollen Geschichten besser wegkamen als die schönen, angenehmen.

Eine Freundin von mir, die auch Therapeutin ist, arbeitet oft mit Aufstellungen, meist sind es Familienaufstellungen. Jemand bringt sein Thema ein, häufig geht es dabei um mangelndes Selbstwertgefühl und bestimmt Menschen aus dem Kreis der Teilnehmer, in die unterschiedlichen Rollen zu schlüpfen. Vater, Mutter, Geschwister werden auf diese Weise in die

Gegenwart geholt. Ziel einer Aufstellung ist, eine Lösung für das Problem zu finden. Oft stehen am Ende einer Arbeit mehrere Frauen hinter der Aufstellerin oder Männer hinter dem Aufsteller. Es handelt sich dabei um Mutter, Großmutter, Urgroßmutter, eine lange Reihe der Ahnen oder Vater, Großvater, Urgroßvater, die alle bereit sind, ihre Unterstützung anzubieten. Es geschieht häufig, dass die Ratsuchenden nach so einer Aufstellung ihr ganzes Leben umkrempeln. Sie haben den Schalter für eine neue Herangehensweise gefunden.

Damit bin ich mehr am Thema Gedankenkraft und was sie mit uns macht. Die junge Journalistin, die mich zu meinem Thema befragt, liefert mir eine Geschichte dazu. Als sie mir die Tür öffnet, kann ich nicht umhin, ihr ein Kompliment zu ihrem guten Aussehen zu machen. Die Ausstrahlung dieser jungen Frau ist nicht nur an ihrer äußeren Erscheinung festzumachen, an ihrer geschmackvollen Kleidung, dem hübschen Haarschnitt und dem gewinnenden Lächeln sondern scheint von innen zu kommen. Es stellt sich heraus, dass sie die Interviews nur nebenbei macht und eigentlich an ihrer Doktorarbeit schreibt. Ihre Intelligenz ist auch an ihren Fragen zu merken. Sie geht in die Tiefe, hakt nach und nimmt nicht einfach hin. Es macht Freude, mit ihr das Thema zu entwickeln. Wie erstaunt bin ich, als Anna mir gesteht, an einem schrecklichem Thema zu leiden, nämlich dass sie gar kein Selbstwertgefühl hätte. Seit ihrer Kindheit schlüge sie sich mit einer Krankheit nach der anderen herum und wüsste nicht, wie sie damit umzugehen hätte. Wir nehmen uns nach dem Interview noch etwas Zeit, um an diesem Thema zu arbeiten, und ich spreche über die Gedankenkraft und die Entscheidungen, die jeder im Laufe seines Lebens zu fällen hätte. Jederzeit sei es möglich, den Schalter umzustellen, von schwach zu stark, von Scham zu Stolz, von Neid zu Wohlwollen oder anderen Paarungen. In meiner Arbeit als Psychotherapeutin benutze ich häufig die Tarotkarten, weil die Bilder bei der Bewusstseinseinsicht behilflich sind. Für mich ist das eine Unterstützung aus der göttlichen Quelle, die nichts mit Wahrsagerei zu tun hat. Ich schlage vor, die Karten zu Hilfe zu nehmen, und Anna lässt sich darauf ein. Auf die Frage, wie sie sich als Frau erlebe, zieht sie eine Karte, auf der eine Frau abgebildet ist, die die

Augen verbunden hat, sich mit zwei Schwertern schützen will gegen die böse Welt und ziemlich unglücklich ausschaut. „Genauso empfinde ich mich", sagt Anna und schaut in diesem Augenblick genauso traurig aus wie die Frau auf dem Bild. „Jetzt lass uns mal sehen, wie du wirklich bist", schlage ich vor, „ziehe nun eine Karte dafür." Diesmal ist es eine Königin, wunderschön anzusehen, in sich ruhend und Stärke ausströmend. „So wirkst du nach außen", freue ich mich. „Meinst du, du kannst in nächster Zeit den Satz: Ich bin eine Königin verinnerlichen? Es geht um deine Entscheidung. Wenn du selbst beschließt, deine Kraft endlich in den Mittelpunkt zu stellen, wenn du beschließt, die schwache, unglückliche Frau gehen zu lassen, um jetzt deine Stärke zu leben, dann kannst du das wirklich tun. Ich weiß, wovon ich rede, denn auch ich hatte und habe immer noch mit dieser Schwäche zu tun, die ich im Laufe meines Lebens transformiere. Immer wenn mich die altbekannte Schwäche anfallen will, begegne ich ihr sehr bestimmt. Ich nehme sie wahr, schicke sie jedoch weg, weil sie lange genug in meinem Leben gewirkt hat. Sie hat mich schützen wollen und dafür bin ihr dankbar, aber jetzt brauche ich sie nicht mehr. Jetzt darf sie gehen und sich ausruhen, genau wie die schwache Frau in dir. Du bist damit wirklich nicht allein, ganz viele Frauen leiden daran. Es wäre schön, wenn auch du diesen Prozess vollziehen kannst. Wir werden noch ein paar Arbeitskarten ziehen, die dir den Weg zur Königin weisen können", schlage ich vor und stoße damit auf Annas Zustimmung. Beim Abschied fühlt Anna sich gefestigter und freudiger als vorher.

28 Die neue Zeit

Die Freude sollte ein wichtiger Anhaltspunkt in unserem Leben werden. Als ich meinen Koffer umpacke, Dinge herausnehme, um sie zu ersetzen mit Kleidungsstücken für den Winter, halte ich meinen Tanzrock in Händen, der eigentlich in die Sommergarderobe gehört und entsorgt werden müsste. Das geht gar nicht, denke ich. Diesen Rock werde ich behalten, weil ich in nächster Zeit einfach mehr tanzen möchte. Tanzen macht mir so großen Spaß, ich tue es viel zu wenig. Damit schaffe ich mir ein Plätzchen für dieses wichtige Kleidungsstück in meinem Koffer. Belohnung erfahre ich einen Tag später, als ich Lena besuche. Diese hat sich ein wunderschönes Programm für ihr Miteinander ausgedacht mit Saunabesuch, Yogasitzung und einem Tanzabend, der am nächsten Tag in der Nachbarstadt stattfindet. Zehn bis zwanzig Frauen nehmen daran teil, zweimal im Monat. An diesem Abend sind wir dreizehn Frauen, die sich in der heimeligen Gaststätte einfinden, die extra einen Raum für unser Vorhaben zur Verfügung stellt. Wie üblich bin ich die älteste von allen, fühle mich jedoch in meinem Tanzrock und barfüßig dazugehörig und voller Freude. Drei Stunden bewegen wir Frauen uns frei nach der Musik im Raum, jede auf ihre eigene Weise. Allen gemeinsam ist die Freude, das Strahlen und Lachen. Was für ein Abend, welches Glück!

Eine Freundin schickt mir eine Mail mit einem Anhang über einen Film, der zur Weihnachtszeit im Fernsehen ausgestrahlt wurde. ‚Das ist für mich Weihnachten‘, lautet ihr Kommentar dazu, und ich bin gespannt, wie meine eigene Reaktion sein wird. Es handelt sich bei dem Film um das erste und einzige Symphonieorchester aus dem Kongo, das bei den Proben und der anschließenden Aufführung von einem deutschen Fernsehteam begleitet wird. Es wird die Neunte Symphonie von Beethoven geprobt ‚Freude schöner Götterfunken‘ auf Deutsch gesungen. Ich bin fasziniert. Die Musiker müssen hart arbeiten, um eine gewisse Qualität zu erreichen. Diese ernste Musik ist ihnen ja fremd, ihr Rhythmus ist ein anderer, aber sie lassen keine Probe aus, sind abends nach ihrem schweren Arbeitstag zum Üben zur Stelle. Es sind nur Schwarze dabei, denen keine Anstrengung zu groß ist, die mit Inbrunst ihren Part übernehmen. Ja, sogar ihre Streichinstrumente bauen sie selbst, weil das Geld für einen Kauf des Instruments fehlt. Neben den zahlreichen Probeszenen, die meist in einer dunklen Ecke eines Hofes stattfinden, werden auch Porträts einiger Musiker gezeigt. Die meisten sind bitter arm, können kaum die Miete für ihre armseligen Hütten aufbringen, obwohl sie von morgens bis abends mit unterschiedlichen Tätigkeiten beschäftigt sind. Die Orchesterproben machen sie glücklich, sagen alle Porträtierten. Eine Frau beschreibt ihr Gefühl so, dass sie für die Zeit ihres Gesangs in eine andere Welt eintritt und erst wieder herauskommt, wenn sie nach Hause geht.

Kurz vor ihrem großen Auftritt empfindet der Orchesterdirektor die Probe so schlecht, dass er beschließt, den Auftritt abzusagen, falls die Generalprobe nicht besser wäre, ein Ding der Unmöglichkeit in unseren Breiten, denke ich. Die Generalprobe klappt jedoch vorzüglich, und der Auftritt wird ein großer Erfolg.

Ja, das ist Weihnachten oder besser noch: meine schöne neue Welt. Die Menschen schließen sich zusammen, bringen sich ein mit ihren Talenten, sind glücklich miteinander. Niemand will besser sein als der andere, jede unterstützt jeden. Und Begeisterung steht an erster Stelle. Nichts scheint zu schwer, alles macht Freude. Dieser Film zeigt deutlich, dass die Menschen bereit sind, auch Schweres freiwillig auf sich nehmen, um ein Ziel zu erreichen. Die Proben sind manches Mal recht mühselig und dennoch wird keine ausgelassen. Genauso stelle ich mir die Zukunft vor! Begeisterung treibt uns in unserem Tun an, nicht die Gier nach Geld oder Belohnung sondern einfach die Freude am Tun.

„Und wer säubert die Toiletten ohne Bezahlung? Das wird niemand tun", höre ich oftmals von meinen Kritikern. Diese sind davon überzeugt, dass für die Erledigung solcher unangenehmen Aufgaben nur Geld als Anreiz dienen kann. Warum sollte sonst jemand den Dreck eines anderen beseitigen? „Aus Liebe", antworte ich. „Wenn die Menschen sich lieben, ist es egal, von wem welcher Dreck stammt. Er wird für die Allgemeinheit beseitigt. Jede Mutter macht solche Arbeiten täglich freiwillig für ihre Kinder und für ihren Mann, weil sie sie liebt. Niemand hinterfragt das. Hausfrauen erledigen seit Jahrhunderten solche unangenehmen Arbeiten. Viele gehen in dieser Arbeit auf, sind glücklich, wenn sie dazu beitragen können, die Welt ein wenig reiner zu machen. Auch das hat mit Gedankenkraft und Einstellung zu tun. In meiner neuen Welt gehen die Menschen anders miteinander um als sie das momentan tun. Jegliche Ab- und Aufrechnung wird aufgelöst, Begeisterung und Freude werden im Mittelpunkt stehen. Die Menschen handeln nach ihrem inneren Barometer, das ihnen ansagt, wann etwas für sie genug ist. Nicht eine festgesetzte Zeit bestimmt das Handeln, sondern das Gefühl. Auf diese Weise wird nichts zu Routine, Langeweile gibt es nicht. Jeder Augenblick bietet ein Abenteuer, weil sich nichts als Wiederholung anfühlt. Alles ist neu, jeden Tag". Ich gerate ins Schwärmen, empfinde wieder einmal mein eigenes wundervolles Leben, das eigenbestimmt und selbstverantwortlich vonstattengeht. Welche Fülle, welcher Reichtum und welche Freude spielen täglich die große Rolle dabei. Natürlich möchte ich von meinen Erfahrungen abgeben, möchte zeigen, was ich meine mit meiner Schwärmerei und sinniere immer wieder über Möglichkeiten, wenigstens etwas davon auf zu zeigen und weiter zu geben.

Die Geschenkspiralen, die ich schon so oft in vielen Städten vorgestellt habe, meistens mit großem Erfolg, bieten sich immer wieder an. Diesmal hat eine Gruppe sehr engagierter Menschen die Geschenke wochenlang zusammengetragen und baut eine wunderschön gestaltete Spirale auf mit Tannenzweigen und Lichtern darin. Heute ist der vierte Advent und die Idee passt sehr gut zu Weihnachten. Die Spirale ist diesmal in einem Saal angesiedelt, weil das matschige Dezemberwetter einen Aufbau auf der Straße nicht zugelassen hätte. Eine andere Gruppe befindet sich ebenfalls in dem großen Saal. Und es ist eine Freude, zuzusehen, wie sich beide Gruppen gegenseitig beflügeln, sich miteinander vernetzen, wie die einen die anderen einladen, von ihren Gaben zu profitieren. Die andere Gruppe bietet nämlich ein kostenfreies Buffet an. Die Engagierten der Spirale dürfen sich am Buffet bedienen und laden die anderen zu einem Gang durch die Spirale ein, was diese voller Freude wahrnehmen.

Bei der heutigen Aktion gibt es eine Frau, die ihre Freude über den gefundenen Schatz lauthals kundtut. Sie geht soweit, ihre Erfahrung als Wunder zu bezeichnen und ist gerührt darüber. Seit Jahren, so ihre Schilderung, suche sie für ihren Mann eine Teetasse mit Deckel, die in früherer Zeit modern gewesen waren und praktisch, die jedoch vom Markt verschwunden seien. Ihr Mann wünscht sich so sehr so ein Modell, und nun hätte sie sogar zwei davon in dieser Spirale gefunden. „Das ist doch ein Wunder", strahlt sie, als sie mit ihrem großartigen Weihnachtsgeschenk den Platz verlässt.

Ein ähnliches Erlebnis erfuhr ich vor Jahren. Ich traf eine Frau, die schon sehr lange vergeblich nach einem Ersatzteil für ihre Küchenmaschine suchte. Die Frau hatte es bislang nicht übers Herz gebracht, diese kostbare Küchenhilfe zu entsorgen. Jetzt fand sie das fehlende Ersatzteil unerwartet in dieser Spirale. Auch hier wurde von einem Wunder gesprochen, denn die Finderin konnte sich nicht erklären, weswegen jemand diesen wertlosen Ersatz anbot, wenn nicht für sie und ihre Maschine. „Das geht doch nicht mit rechten Dingen zu. Ich glaube, die Engel, die mir immer zur Seite stehen, haben ihre Finger im Spiel. Sie wollten mir eine Freude machen. Danke ihr lieben Engel," jubelte sie beim sorgfältigen Verpacken ihres Schatzes. Ich freue mich über den Enthusiasmus dieser Besucherin, besonders weil ich mich nicht scheue, die Engel zu erwähnen und die Wunder, von denen es schon so viele in meinem Leben gegeben hat. Die Wunder spielen eine große Rolle in meinem eigenen Leben. Nicht immer spreche ich darüber, weil ich gemerkt habe, wie viele Menschen solche Gedanken verwerfen, abgeschreckt werden und nichts damit zu tun haben wollen. Für mich ist es dann schwierig, den Kontakt weiterhin aufrecht zu halten, weil ich so schnell nicht wieder aus der Schublade herauskomme, in die ich gepackt wurde. Dennoch glaube ich, dass die Wunder in Zukunft eine Rolle spielen. Oder besser das Einbeziehen der spirituellen Ebene. Ich stelle mir vor, wie wir plötzlich feststellen, dass es viel mehr gibt als die kleine beschränkte Welt, in der wir uns zurzeit herumschlagen. Wir werden unseren Fokus auf Dinge legen, die uns in unserem geistigen Wachstum weiterbringen. Materielles wird uns nur noch insofern interessieren, als es für unsere tägliche Versorgung notwendig ist. Keine Anerkennung oder Bestätigung wird über irgendwelche Besitztümer entstehen. Ja, Besitztümer wird es kaum noch geben. Alle Menschen können sich eindecken mit allem, was sie brauchen. Dafür müssen wir uns nicht anstrengen. Alles steht allen zur Verfügung. Autos, Fahrräder und andere rollende Untersätze stehen überall bereit, werden benutzt und dort gelassen, wo sie gerade ihre Dienste erfüllt haben, werden gepflegt und geachtet, in Schuss gehalten für den nächsten Benutzer. In meinen Vorträgen spreche ich häufig von dieser Welt, kann mich hineindenken in den Umgang mit Werten, die in der jetzigen Welt weniger geschätzt werden. Das Leben aus dem Herzen öffnet Tore für ein anderes Miteinander. Jedes einzelne Leben bekommt einen einzigartigen Wert, jeder Mensch wird geachtet und respektiert und alles wird miteinander geteilt.

Als ich in einer Veranstaltung ähnliche Gedanken entwickel und vortrage, meldet sich ein Gast, um eine Geschichte zum Besten zu geben, die beweisen würde, dass solche Gedanken nicht umsetzbar sind, weil die Menschen anders gestrickt seien und ein gegenseitiges Unterstützen ihnen fern läge. Er hätte in einer Zeitung von einem Experiment gelesen, bei dem alle Bürger einer Stadt eine Woche lang kostenfrei mit Brot versorgt werden sollten. Dieses Experiment sei kläglich gescheitert an der Gier der Menschen, die sich nicht nur ein Brot nahmen, sondern zehn, wovon die meisten am Ende in der Mülltonne landeten, weil sie hart geworden waren oder verschimmelten. An die anderen wurde dabei nicht gedacht. „Der Mensch ist egoistisch, daran wird sich nie etwas ändern", schloss er seine Ausführungen, wofür er bestätigendes Gemurmel aus dem Publikum kassierte. Ich will das so nicht stehen lassen, nehme dazu Stellung. „Es ist das System, das uns verdirbt, nicht unsere Erbanlage", sage ich. „Ich bin davon überzeugt, dass die Menschen absolut in der Lage sind, sich anders zu verhalten, wenn das Mangeldenken sich auflösen könnte. In diesem System wird uns suggeriert, dass nicht genug da wäre für alle, dass jeder die Ellenbogen benutzen müsse, um den anderen zu übervorteilen. Im Moment geschieht eine Menge in der Welt, wovon in der Öffentlichkeit nicht gesprochen wird. Wir werden klein gehalten durch die Berichte über Katastrophen, Kriege, Dramen. Dabei gibt es auf der anderen Seite wunderschöne Dinge zu beobachten. Menschen setzen sich füreinander ein, spenden Geld für Projekte, öffnen ihre Herzen, lieben das Miteinander, das sie bei langen Menschenketten, in denen Fremde Kreise bilden und sich an den Händen halten, demonstrieren. Immer mehr buntgemischte Lebensgemeinschaften entstehen, Gruppierungen, in denen sich Gleichgesinnte füreinander interessieren, ohne sich durch Alter, Beruf, Herkunft oder sonst etwas beschränken zu lassen. Es scheint wirklich so zu sein, als ob nur noch das Herz zählt, der Weg nach innen bereits angetreten wurde von Millionen Gleichdenkender. Hinschauen sollten wir! Dann könnten wir alle uns übereinander freuen, könnten eine neue Kraft empfinden, die den Lebensfluss in jedem von uns wecken würde. Damit dieser Prozess beschleunigt wird, habe ich eine gute Idee", fahre ich fort. „Ein kleiner bunter Aufkleber soll dabei die Hauptrolle spielen. Er ist das Zeichen für eine neue Zeit. Jeder kann den Aufkleber benutzen, der an dieser neuen Zeit beitragen möchte oder sie unterstützt."

Je höher mein Bekanntheitsgrad steigt, desto mehr werde ich konfrontiert mit interessanten Projekten, Ideen und Aktionen. Aus aller Welt erhalte ich Beiträge, werde um meine Meinung gebeten zu unterschiedlichen Dingen und bin selbst überrascht über die Vielfalt und den Gedankenreichtum der Menschen. So wird mir auch von mehreren Seiten das Venusprojekt in einem kleinen Film vorgestellt. Das Modell einer Stadt der Zukunft, die so ganz anders aussieht als die heutigen Städte, wird ausführlich beschrieben und erklärt in diesem Film. Beinahe alle Formen sind rund, sogar die Hochhäuser, in denen Tausende von Bewohnern untergebracht werden können. Die Energieversorgung wird zentral gesteuert. Für die Wärme wird kaum Material benötigt, weil das feuer- und wetterfeste Baumaterial Wände isoliert und zusätzlich die Energie der Sonne genutzt wird. Wind- und Solarstrom sind die Hauptenergieversorger, alles in allem eine saubere Technologie mit höchster Energieeffizienz. Da fällt mir ein, dass ich vor Jahren zu Besuch in einer Wohnung war, die niemals beheizt werden musste, weil der Sonneneinfall günstig war. Obwohl es sich um ein Hochhaus im Norden Deutschlands handelte, wo die Sonne nicht unbedingt Dauergast ist, beteuerte die Bekannte, in den letzten drei Jahren nicht einmal die Heizung aufgedreht zu haben. Ich war damals sehr erstaunt und konnte kaum glauben, dass auf so eine einfache Art und Weise das große Problem, das durch die Knappheit des Erdöls und die Ausbeutung der Holzressourcen entstanden war, gelöst werden könnte. Bei dem Venusprojekt geht die Vereinfachung noch weiter. So gibt es kaum mehr Privatautos auf den Straßen, somit auch keine Staus und keine Luftverschmutzung. Die Menschen bewegen sich mit öffentlichen, zentral betreuten Fahrzeugen, überwiegend Schwebebahnen, fort. Bäume werden angepflanzt, Wassergräben und Seen angelegt. Die ganze Stadt wirkt harmonisch und komfortabel.

Natürlich melden sich auch die Kritiker. Wo bleibt die Individualität bei so viel Gleichmacherei, die eigene Note? Vielleicht würden die Menschen sogar auf den eigenen Geschmack bei der Kleiderwahl verzichten und in Zukunft im Einheitsdress herumlaufen? Nicht auszudenken wäre das, ein Unding. Bei dem Venusprojekt – so wie ich es verstanden habe - bleibt noch genügend Raum für den eigenen Geschmack und für eigene Entscheidungen. Eine Freundin fällt mir dazu ein, die sich auch ein Projekt für die Zukunft ausgedacht hat, Zeichnungen angefertigt und schon einiges ausprobiert hat. In ihrem Modell gibt es zwar nicht die komplexe Technologie wie in dem Venusprojekt, aber doch ähnliche Anordnungen für allgemeines Tun, für das Miteinander, das zentral gesteuert wird. Auch bei ihr transformiert sich die Individualität zugunsten der Gruppendynamik. Durch die Nutzung allgemeiner Räumlichkeiten, das Teilen von Gegenständen und die Offenheit für gemeinsame Aktionen verschwindet die Verschwendung. In ihrem Modell spielt Geld keine Rolle mehr. Auch das Venusprojekt könnte ganz und gar ohne Geld stattfinden. Allerdings erfordert das eine totale Umwandlung der menschlichen Psyche. Das Wohl des Einzelnen steht nun im Mittelpunkt und mit Wohlwollen wird jeder einzelne Mensch bedacht. Dieses Wohlwollen ist es, welches uns weiterbringt, glaube ich. Wir alle brauchen es, um in das Einheitsgefühl zu kommen. Dann muss niemand mehr darüber nachdenken, was mit den faulen Menschen gemacht werden müsste, die nichts beitragen dazu, dass eine Gesellschaft funktionieren kann. Darüber sollte sich niemand den Kopf zerbrechen, weil es faule Menschen nicht gibt. Jeder Mensch möchte irgendwo gebraucht werden, möchte dazugehören, sich einbringen. Dass es heute so viele träge und depressive Menschen gibt, liegt am System, bin ich mir sicher. „Womit sollen sich die Menschen in Zukunft denn beschäftigen, wenn ihnen alles abgenommen wird, für das es sich zu leben lohnt? Ein Haus zu bauen, sich Gedanken über die Einrichtung zu machen, dafür einkaufen zu gehen, sind Tätigkeiten, die Freude bereiten.

Oder für ein Auto zu sparen, es auszusuchen und zu kaufen, schließlich damit über die Autobahn zu jagen, macht großen Spaß. Ohne das alles wird Leben langweilig, glaube ich. Ich möchte jedenfalls nicht darauf verzichten und kann mir nicht vorstellen, was an die Stelle guter Unterhaltung treten kann", nörgelt ein Freund.

Als ich mich an diesem Tag mit einer jungen Frau verabrede und wir im Park unsere Runden drehen, wobei wir uns die letzten Neuigkeiten unserer Leben mitteilen, ein Ritual, das schon seit Jahren existiert, kommen wir in unserem Gespräch genau auf das Thema: Lebensfreude und Sinnlosigkeit. Uta erzählt von einigen ihrer Bekannten, dass sie mit zunehmendem Alter trauriger, ja, sogar depressiv werden. „Als ich so alt war wie du, ging es mir auch gut. Was habe ich alles unternommen! Und woran habe ich geglaubt. Im Alter verschwindet das alles, sagen sie. Das gefällt mir gar nicht, macht doch keinen Sinn", klagt Uta. „Du hast Recht", stimme ich ihr zu. „Ich habe mir auch meine Gedanken dazu gemacht, nämlich wie es in der neuen Zeit schöner sein könnte. Die Menschen werden sich mit anderen Dingen beschäftigen. ‚Schaffe, schaffe, Häusle baue‘, hätte ausgedient. Die anstrengenden Arbeiten von früher werden zum größten Teil von Maschinen übernommen, so dass es nun genügend Zeit gibt für den neuen Weg, der nach Innen führt. Wir werden mehr meditieren, danken, uns freuen über Kleinigkeiten. Es wird eine totale Werteverschiebung stattfinden, bei der alles, was ist, geschätzt wird. Aus ‚immer höher, immer schneller, immer mehr‘ wird eine Besinnlichkeit, eine Wertschätzung des Augenblicks, eine Freude für jeden und alles. Die Ungeduld, die den heutigen Menschen charakterisiert und die entstanden ist durch diese Schnelligkeit, die uns überall begegnet, wird durch Entschleunigung zurückgeschraubt. Das Mangelgefühl wird ersetzt durch ein Wissen um unseren Reichtum, ein Wohlwollen für unsere Mitmenschen. Alter wird das, was es ist, ein Erfahrungsreichtum, der geschätzt und weitergegeben wird. Auch die Kinder erfahren die Wertschätzung, die ihnen zusteht, Tiere werden als Wesen gefühlt und geliebt. Die Verbundenheit mit der Erde, der Natur, dem Wasser bringt die Menschen in die notwendige Verantwortung, die einen anderen Umgang mit allem erzielt.

Das Schönste bei dieser Entwicklung wird sein, dass wir plötzlich neue Fähigkeiten in uns entdecken werden. Telepathie, Manifestation, Kräfte, die wir mit unseren Gedanken erzielen können, werden im Vordergrund stehen. Krankheiten werden viel seltener, weil sie nicht mehr nötig sind, Gesundheit und Heilung stehen an erster Stelle. Vielleicht werden immer mehr Menschen sogar von Lichtnahrung leben. Das Ausmaß der Veränderung ist jetzt nicht abzusehen, aber wir können uns alle freuen auf das, was kommt." beschließe ich meine Schwärmerei über unsere Zukunft.

„Dann glaubst du nicht an den Zusammenbruch, von dem alle Welt spricht, dem Jahr der großen Katastrophen? Macht es dir keine Angst, ins Chaos zu stürzen? Willst du dich nicht vorbereiten für den Umschwung?" hakt Uta nach. „Ich bin vorbereitet", antworte ich, „für alles, was kommt. Alles hat seine Berechtigung. Das will ich akzeptieren. Egal was es ist. Sogar den Tod nehme ich in Kauf, sollte er für mich vorgesehen sein."

„Du sprichst so ganz anders als meine anderen Freunde und Bekannten. Das macht mir Mut. Schön, dass wir unser Ritual wieder einmal aufgenommen haben. Ich danke dir.", verabschiedet sich Uta.

Wie kann es sein, denke ich, als ich wieder allein bin, dass wir auch vor den zukünftigen Dingen mit Angst reagieren? Warum wollen wir unbedingt festhalten am Alten, am Gewohnten, als sei es das Non plus Ultra, obwohl doch die großen Ungerechtigkeiten in der Welt allgemein sichtbar sind? Nein, überlege ich weiter, jetzt machst du einen großen Fehler, hast dich von Uta beeinflussen lassen. Du weißt doch, dass es schon Millionen anders Denkender gibt. Die Kulturkreativen werden sie genannt, die sich wie du mit einer neuen Welt und der Ordnung darin auseinandersetzen. Die keine Mühe scheuen, um ihre eigenen Ideen für die anderen umsetzbar zu machen.

Vor ein paar Jahren war ich einmal einer Gruppe von Männern begegnet, die einen „heiligen Berg" so gestaltet hatten, dass ich beim Beschreiten dieses Platzes von Weinkrämpfen geschüttelt wurde. Mein Körper spürte die neuen Energien so sehr, beinahe wie eine Aufladung am Stromnetz oder so ähnlich. Ich konnte sie kaum aushalten und machte mir durch das Weinen Luft. Die Männer erzählten, dass sie einen Auftrag „von oben", von Gott sozusagen erhalten hatten, einen Berg zu suchen, der eine gute Sicht auf die darunterliegende Stadt lieferte und gleichzeitig geschützt vor fremden Eingriffen sein sollte. Lange suchten sie nach diesem Berg, bevor sie mit der Umsetzung der Gestaltung begannen. Es wurde ein Garten der Symbole, mit Liebe und Sorgfalt zurechtgemacht. Kreise aus Mosaiksteinchen geformt, Zeichen, eingeritzt in Ton, in Stein, angeordnet in Spiralen, in Mandalas. Hütten waren entstanden mit einem Heiligtum in der Mitte, Runen, buddhistische Zeichen, Symbole aus dem Christentum, alles war hier zu finden und führte schlagartig in eine höhere Ebene, wenn man sich darauf einließ. Meine Reaktion war so gewaltig, dass ich zum ersten Mal die Warnung vor einem zu schnellen Wachstum verstand.

Die Kulturkreativen sind überall zu finden, ohne sich selbst so zu benennen. Ja, die meisten wissen nicht einmal, dass sie zu dieser Gruppe gehören, die sich inzwischen immer weiter in der Welt verbreitet. Sie bilden neue Gruppierungen, leben miteinander, gestalten ihre Wohnplätze liebevoll, werden unterstützt von der geistigen Welt. Es gibt inzwischen wundervolle Einrichtungen, die die Besucher zum Staunen bringen wegen der Einzigartigkeit der hier angelegten Bauten. Lehmhäuser, üppige Gartenanlagen in einer Gegend, in der eigentlich nichts wachsen kann, überraschen und bringen zum Nachdenken. Sind wir doch schon in der neuen Welt? Wie kann es sein, dass sich so viele Menschen einlassen in Projekte, die ihnen gar nicht von Nutzen sind, ihnen kein Geld einbringen, viel Arbeit bereiten? Die „Gib-und-nimm"-Läden z.B., die überall aus dem Boden gestampft werden, von Menschen betreut, die neben ihrer Arbeit sich die Zeit nehmen, um andere zu erfreuen, ihnen behilflich zu sein, einfach so, absichts- und bedingungslos. Ist das nicht schon die neue Zeit, in der wir unsere Herzen füreinander öffnen und mit Liebe füllen? Ich denke an Thomas, der ein Jahrzehnt lang nach einem Schlösschen suchte für eine Gemeinschaftsbildung. „Ich habe so gute Ideen", sagte er damals. „Es gibt wieder ein neues Angebot. Hast du Lust, es mit anzuschauen"? Diese Einladung ließ ich mir nicht entgehen. Gemeinsam fuhren wir zu dem Schloss, das ziemlich verfallen war und dazu noch an der Autobahn lag. „Solche Hindernisse tauchen ständig auf", stöhnte Thomas. „Ein Projekt nach dem anderen musste ich schon abhaken, wegen der großen Mängel. Ich bin jetzt weichgeklopft, werde meine Pläne aufgeben. Zehn Jahre sind genug!" „Schade", tröstete ich. „Ich hätte dir gerne einen Erfolg gegönnt. Vielleicht begegnet mir ja etwas. Dann melde ich mich bei dir." Ein paar Monate später erhalte ich einen Anruf von Thomas. „Stell dir vor, was mir passiert ist", jubelt er. „Du weißt ja, dass ich meine Pläne fallengelassen hatte, weil ich die vielen Enttäuschungen nicht mehr aushalten konnte. Als ich lauthals ‚dann eben nicht' verkündete, also sozusagen losgelassen hatte, erhielt ich einen Anruf. Mir wurde ein Schlösschen plus Dörfchen angeboten. Leer stehende Häuser, Hallen, eine Großküche, alles ist dabei für einen moderaten Preis, alles passt und übertrifft sogar noch meine schönsten Träume. Du musst unbedingt mal kommen und dir anschauen, was wir bislang aus dem Platz gemacht haben. Inzwischen wohnen wir mit der ersten Hundertschaft von Menschen hier und haben ein kleines Paradies erschaffen." Voller Freude nehme ich die Einladung an und bin fasziniert von den Erfolgen der engagierten Menschen. „Was ihr in so kurzer Zeit geschafft habt, ist ja unglaublich. Guck mal, deine Geduld, die du über zehn Jahre hattest, hat sich gelohnt. Aber du musstest erst loslassen. Wir brauchen Geduld und Vertrauen in den göttlichen Plan, meinst du nicht auch?" frage ich den Freund. „Mir geht es ja ähnlich mit der Welt ohne Geld. Ich kann mir so eine Welt gut vorstellen, werde jedoch gebremst von meiner Umwelt, die da nicht mitspielen möchte. Dein Beispiel zeigt mir wieder einmal, wie die kosmischen Gesetze funktionieren. Nicht mein Wille geschehe sondern der göttliche. Ungeduld zerstört, lässt uns verzweifeln und im Alten stecken bleiben. Danke, danke, danke kann ich nur sagen und diese Lektion schätzen."

Ich weiß, dass es schon unzählige Erneuerungen, Erfindungen für einen anderen Umgang mit Wirtschaft und Energie gibt. Pläne liegen bereit, könnten die ausbeuterischen Herangehensweisen an Mutter Erde ablösen und auch im Großen liebevolle Techniken und Möglichkeiten bieten. Woran scheitern die Umsetzungen denn noch, frage ich mich und spüre bereits bei der Frage die klare Antwort. Eine Veränderung in der Welt wird schrittweise erfolgen. Wir sind auf dem besten Weg dafür. Ich merke auch durch die Anfragen übers Internet eine Entwicklung. Immer mehr Menschen möchten aus den gewohnten Strukturen aussteigen. Sie wenden sich mit diesbezüglichen Fragen an mich oder schildern ihren bereits erfolgten Ausstieg und ihre Freude darüber. In manchen Städten verabrede ich mich mit ähnlich Denkenden, so wie dem jungen Matthias, der seit kurzer Zeit auch das freie Leben entdeckt hat, das sich automatisch einstellt bei Verlassen des Hamsterrades. „Stell dir vor, ohne Geld bin ich bis ans Ende der Welt gereist. Niemals hätte ich gedacht, dass mir dabei so viel Liebe und Vertrauen begegnen würde. Nach der Reise wollte ich zurück in mein altes Leben. Aber das geht gar nicht, habe ich doch etwas entdeckt, das sich so anders anfühlt. Ich bin ein glücklicher Mensch geworden, einer, der Zeit für andere hat, der das Interesse spürt für den Alltag, der die Abenteuer in den Kleinigkeiten erfährt. Ist das gut!" Matthias strahlt Freude aus. Ja, so wird es gehen. Wir brauchen nur da weiterzumachen, wo wir gerade stehen. Die einen stecken die anderen an, und wie die Kreise des ins Wasser geworfenen Steines vermehren sich auch unsere guten Gedanken und Taten. Eine Welt ohne Geld führt in paradiesische Zustände, in Herzensräume, die für alle geöffnet sind. Wir brauchen jetzt nichts dafür zu planen. Es wird sich irgendwann einfach weiter entwickeln, weil die Masse der Menschen in ein anderes Denken hineinwachsen wird. Ich spüre eine große Freude in mir und merke, wie etwas von mir abfällt, das mit Verantwortung zu tun hat, für die ich nicht zuständig bin, die mir jedoch ein Leben lang zu schaffen gemacht hatte. Nun bin ich frei für das Geschehen.

Ich stelle fest, dass Nataha sich seltener meldet „Was bedeutet das? Hast du mich verlassen, Nataha? Willst du nicht mehr mit mir reden?" begehre ich auf. „O Marie, du Gute. Ich bin immer da. Jederzeit kannst du auf mich zurückgreifen, weil ich dein Schutzengel bin, der dich begleitet auf Schritt und Tritt. Wir beide sind eins. Du bist Marie und Nataha gleichzeitig, vernimmst meine Ratschläge nun direkt in dir. Auch das ist eine Fähigkeit in der neuen Zeit. Jeder Mensch wird die Engelkraft in sich selbst entwickeln. Manche sprechen auch vom Höheren Selbst oder von der göttlichen Kraft oder sogar von Gott. Dadurch wird niemand sich mehr allein fühlen, verlassen oder verachtet. Mit der voll entwickelten geistigen Kraft in euch seid ihr vollständige Wesen, an jedem Platz hingehörend und alle eins. Vielleicht möchtest du dich in Zukunft Nataha nennen, die zur Liebe Geborene. Was meinst du? Würde dir das gefallen?"

„ Ach nein, das muss nicht sein. Ich bleibe Marie, solange ich auf der Erde weile. Der Name gefällt mir, ist nicht erklärungsbedürftig und nicht abgehoben. Zu wissen, dass du Teil von mir bist, es keine Trennung gibt, gefällt mir sehr und gibt mir die Kraft und das Vertrauen für den neuen Weg."

Die Autorin Heidemarie Schwermer wurde 1942 in Memel in Ostpreußen geboren. Die ausgebildete Lehrerin, Motopädin und Psychotherapeutin ist zweifache Mutter und lebte bis 1994 ein ganz normales Leben. Unzufrieden mit dem bestehenden Wertesystem gründete sie den Verein „Gib und Nimm", der nach dem Prinzip eines Tauschrings funktioniert. 1996 begann sie, das sogenannte Sterntalerexperiment zu wagen und ganz ohne Geld zu leben. In vielen Ländern hat sich das Gib-und-Nimm-Prinzip nach den Ideen von Heidemarie Schwermer bereits verbreitet. Ihr erstes Buch „Das Sterntalerexperiment" war ein Bestseller und wurde in mehrere Sprachen übersetzt. Für das Buch in italienischer Sprache erhielt sie im Dezember 2008 den Tiziano Terzani Friedenspreis.

Weitere Information über Heidemarie Schwermer, ihren Aufkleber und ihre Ideen, können Sie auf der Webseite www.heidemarieschwermer.com finden.

2.Auflage
© 2014 NOS-Design
www.nos-design.nl
Herausgeberin: N.O.Schwermer
Satz und Layout: N.O.Schwermer
Foto: Ingrid Hecker
Herstellung und Verlag: BoD - Books on Demand, Norderstedt

Printed in Germany
ISBN 9783734740794